谁家今夜扁舟子

樱宁 著

重庆出版集团
重庆出版社

图书在版编目（CIP）数据

谁家今夜扁舟子：唐诗涟漪中的心曲别奏 / 樱宁著. －重庆：重庆出版社, 2012.5

ISBN 978-7-229-05058-0

Ⅰ.①谁… Ⅱ.①樱… Ⅲ.①挽歌－诗集－中国－当代 Ⅳ.①I227.2

中国版本图书馆CIP数据核字(2012)第059264号

谁家今夜扁舟子
SHUIJIA JINYE PIANZHOUZI
樱 宁 著

出 版 人：罗小卫
责任编辑：罗玉平
责任校对：杨 婧
装帧设计：八牛设计

重庆出版集团
重 庆 出 版 社 **出版**

重庆长江二路205号 邮政编码：400016 http://www.cqph.com
重庆现代彩色书报印务有限公司印刷
重庆出版集团图书发行有限公司发行
E-MAIL:fxchu@cqph.com 邮购电话：023-68809452

全国新华书店经销
开本：890 mm × 1240 mm 1/32 印张：8.5 字数：180千
2012年5月第1版 2012年5月第1版第1次印刷

ISBN 978-7-229-05058-0
定价：26.80元

谁家今夜扁舟子

SHUIJIAJINYEBIANZHOUZI

□ 序　言

□ 第一部分帝王贵胄·明月楼中夜未央

大唐的预言——李世民·琵琶 2

被遗忘的见证——武则天·如意娘 10

公主的残阳——韩愈·游太平公主山庄 17

私语与悲歌——白居易·长恨歌 23

无法挣脱的傀儡人生——李昂·宫中题 31

和亲祭台的牺牲——李敬方·太和公主还宫 37

从痴儿到帝王——李忱·百丈山 44

一座皇城的故事——卢照邻·长安古意 50

□ 第二部分仕宦沉浮·斯人清唱何人和

看上去很美——魏徵·赋西汉 58

活着的意义——宋之问·度大庾岭 67

英雄多寂寥——陈子昂·登幽州台歌 75

荆轲的赌注——骆宾王·咏蝉 85

悲情的绮丽——上官仪·奉和秋日即日应制 93

不能当真的牢骚——韩愈·杂诗 101

醉卧花间非本意——温庭筠·醉歌 111

□ 第三部分骚客才子·天若有情天亦老

饥饿的诗人——杜甫·茅屋为秋风所破歌 120

浮名换杜康——李白·将进酒 127

不如相忘于江湖——白居易·长相思 136

此恨不关风与月——元稹·遣悲怀三首 144

无声的悼词——李商隐·无题 153
寻梦，撑一支长篙——杜牧·遣怀 162
仗剑走天涯——刘叉·姚秀才爱予小剑因赠 169
他的传说——罗隐·赠妓云英 173

□ 第四部分佛僧道士·山巅坐看云起时

忠诚的信徒——玄奘·题中岳山 182
风一样的人——王梵志·吾富有钱时 193
他的成名史——寒山·庄子说送终 201
贪名贪利只因空——贯休·陈情献蜀皇帝 211
多面的夜叉——卢仝·忆金鹅山沈山人 220

□ 第五部分羁旅青娥·梦里花落知多少

婉儿的告白——上官昭容·彩书怨 230
扫眉才子知多少——薛涛·锦江春望词 238
她比烟花寂寞——鱼玄机·赠邻女 246
无名女的幽怨——题玉泉溪·幽恨诗·金缕衣 253
羁旅唯冷月——异乡塞外组诗 259

序言

庄子说：人生天地之间，若白驹过隙，忽然而已。

宇宙的时间之门，你来我往，匆匆擦肩，却并不觉得拥挤。

神话人物全部死去，星星不再是宇宙的明眸，规律像一把把钥匙，我们用它打开随心所欲的抽屉，构造宏伟壮观的建筑，却在现代的丛林中迷失了回家的路。

回首，何尝不是找到自己的途径。叩开祖先用方块字构筑的世界，心胸豁然开朗。其中有个叫唐诗的国度，总会散发出迷人魅力。于是，我们听到了来自7至9世纪的车轮之声，随着它，碾压于宽阔平整的朱雀大街，上面坐着衣着华丽的妇人，散发着来自西域的天香味，璎珞玉佩叮当，女子乌黑头发上的步摇，明灿灿地晃动，整齐排列的坊里，熙来攘往的人群，欢腾热闹的街市。那座名叫长安的城市，那个名叫大唐的帝国王朝，从这一刻开始，告别不着边际的想象，成为仿似可以触摸的真实。

朝生暮死的蜉蝣，在傍晚的斜晖里狂醉舞蹈。诗意构筑的空间，作为生命的巢，如同玻璃瓶，清澈透明，承载着富裕的灵魂。那是唐人留下的——他们生命力的鞭痕。共鸣所产生的战栗，让我们恍惚间看到自己的宿命。

我们仿佛走进一座精巧雅致、陈列有序、拥有回廊无数的书画馆。室内过于暗淡古朴的灯光，最初让我们怀疑是否能清楚端详那些作品，但惊奇就在刹那间实现！当你走进某一幅书画，在感应器的作用下，书画顶端原本暗淡的灯光渐渐变亮，而当你离开，灯光又渐渐变暗。

从帝王贵胄到仕宦墨客，从皇后到公主，从女冠到无名女，从佛僧道士到羁旅之客，悲欢离合、缠绵爱恨；书生怔忡、月夜惆怅，快意人生、如风步伐；调侃谐趣、醉卧杜康……从初唐到盛唐，从中唐到晚唐，步伐变换之间，我们完成着一次次无声的对话。灯光明灭之间，恍然已是几度春秋！

佛说：一花一世界，一叶一如来。一方一净土，一笑一尘缘。我们游走于唐人的诗篇，更游走于诗篇之外的世界，在一首诗的引导下，追寻那些或许曾经存在过的生命的印迹。用我们的心路历程揣测着那些可能的心路历程，穿梭于不同的时空之中，用想象之手弹奏出别样的诗意。所以，请记得——

这不是对诗篇的注释赏析，这里是我们和他们的人生叠加后的感悟。

这也不是对历史的精细考证，这里是我们用自己的心和眼所讲述的故事。

在唐诗中，更在唐诗所泛起的涟漪之外，悦读。

送你一个长安——在唐人诗意的别奏之间！[①]

① 鉴于本书体例和内容性质，写作中曾参考的研究论著，恕不列明，一并表示感谢。

第一部分

帝王贵胄·明月楼中夜未央

大唐的预言——李世民·琵琶

半月无双影，全花有四时。摧藏千里态，掩抑几重悲。促节萦红袖，清音满翠帷。驶弹风响急，缓曲钏声迟。空余关陇恨，因此代相思。

玄宗自白：当我在寿王府听到那首此生难以忘怀、震彻心扉的琵琶幽怨曲时，那个叫玉环——早已是我儿子王妃的女人，就这样走进了我的生命。许多人将此后大唐的命运都归结于这个女人，然而，我知道，她，不过是个简单的女人。从她演奏的音乐中，我听得出。一个满腹心机的人，何尝能演奏出一种安静，像山涧中流出的冷泉。如今，我已老去，月华在墙上挂着的那把许久未曾弹拨的琵琶上缓缓流动着，此时无声胜有声……那一刻，我忽然想到了太宗皇帝，那个和我一样，对琵琶声难以自拔的大唐英主，是否也有对金风玉露一相逢，便胜却人间无数，却此生不再的绵绵恨意？那一刻，我忽然对眼前这把琵琶崇敬起来，物我相忘，物是人非，似乎它才是斗转星移中最坚韧的东西，目送生命的轮回。

琵琶何尝不是唐代文化的一个重要元素，书写着浓墨重彩的故事，展现着旖旎艳丽的魅力。略带硬朗的音色，需要强劲的心灵，去驱役调遣，正是唐代能够流出带着活泼生命欲望的动力之一，成为唐代散发出的味道，逗引人类心灵最为柔弱的部分。

贞观年间。

宫廷内帐舞蟠龙、金焕彩凤，诸般罗列。

来自龟兹的客人正要为热爱音乐的大唐皇帝及他的群臣们，献上一曲西域的音乐，诉说共同的感觉。罕见的乐器和闻所未闻的异域曲调，定要让这大唐皇帝和臣民不敢小觑。乐器，有时担负着某种外交使命，或是“扬我国威”的宣称，或是借以表达难以言传的情绪。因缘际会，彼时当世的人方能心领神会。皇帝高坐堂上。从遥远的西天归来、满腹经纶的玄奘法师，曾盛赞龟兹“管弦伎乐，特善诸国”。

曲声骤响，挑、拨、弹、拢、抹、扫、拉、揉，指法变换如飞，乐声明爽清丽。列席朝臣、来宾捧羹把盏、啧啧赞叹，一时之间，使者好不快意！须臾曲终，使者难抑得意的神色，前趋至李世民座前，“尊敬的大唐皇帝陛下，未知我龟兹乐如何？”“自然是好！不过……此曲，我大唐的宫女即能奏之！”“呃……若然，敢请奏之。”世民向堂右帘帷处点头示意，只见帘帷处香烟缭绕，坚实有力的音色仿佛瞬时将帘帷穿透，直入云霄，忽而温润，忽而淳厚，“琵琶弦促千般语，鹦鹉杯深四散飞”，与刚才所奏之曲调，竟无一字之漏。

龟兹使者大失其色！大唐的宫女竟如此厉害，看来我们是班门弄斧了。世民手捋胡须，哈哈大笑。

帘帷内坐着罗黑黑，他看到龟兹使者朦胧又尴尬的神色。

虽然他看不见世民的表情，但显然，眼前的一切都尽在掌握之中，想到这儿，他不禁抚摸了手中的琵琶，正是这把琵琶使他一次次为大唐夺得荣誉，也为自己博得荣誉。尽管，他曾经被阉为宫廷内侍，且在世民的口中以“宫女”的身份示人，这一切的一切，都无妨他对大唐皇帝的崇敬。琵琶成就了世民内心的完整与丰富，世民对琵琶的钟爱，则又成全了琵琶在大唐的摇曳多姿。

人与物的相遇相知，有时比人与人之间更具传奇。

大明宫内，他的父亲是他的知音，他的妹妹李澄霞——淮南大长公主，也曾不止一次地向二哥请教过琵琶的往事。长埋于地的墓志铭记录了这位大唐公主的音乐才情。许多人都不明白，为什么在金戈铁马中立下赫赫战功的昔日秦王，唯独迷恋这琵琶悲音。深谙民间巫术的人，在未来大唐国运渐衰，并且将罪过指向同样钟爱琵琶的玄宗皇帝时，或许曾以一种历史后见之明的语调，猜测说，这也许是一种不祥的预示。

齐王李元吉死的那刻，没有料到他的妻将成为他的兄嫂。玄武门兄弟相残的惨剧，成为此后历朝历代形容宫门深似海的例证。世民娶四弟妻的事实，令多少后代史学家情何以堪！

于是，他们费尽心思为这位雄才伟略的大唐皇帝，找寻可以解释、最为正当的理由。当汉人的礼仪无法容忍这种闺门失礼之事时，唯一的解释就是世民的家庭是来自西北地区。鲜卑族的血液里，流淌着野性的分子。据说，早在秦汉时期就已渐渐绝灭的季春男女野合的习俗，在五六世纪的关陇贵族中仍长盛不衰。世民不过是传统的继承者。尽管他的家族以中原李姓面对世人，却仍然无法抹去来自母系的鲜卑贵族的血统和事实。

世民的儿子李治娶了世民的才人武媚娘，李隆基将在太真观中清洗过身份的杨玉环接至内闱，他们也许在某一个瞬间，都想到了那位英名盖世的李世民，他们尊敬崇慕的——太宗皇帝，并且都从逝去的“故事”中得到合法性的暗示。娴静坚强且才识非凡的长孙皇后，偶尔也会亲拂罗笺——上苑桃花朝日明，兰闺艳妾动春情，亍上新桃偷面色，檐边嫩柳学身轻，花中来去看舞蝶，树上长短听啼莺。林下何须远借问，出众风流旧有名。事实是，她用母仪天下的大度包容了丈夫的多情率性。

她知道，在世民的多情中，除了儿女声色之外，亦有久经沙场、看惯征人泪血的悲凉！她是这一切的见证者。玄武门之变的前夕，世民对烛难眠的忧虑与惆怅，毫无疑问地再次印证，大抵曲中皆有恨，满楼人自不知君。他的多情率性，曾在琵琶的呓语中得到最大限度的宣泄。

李显十九岁的儿子李重润与永泰公主等窃议被武后宠幸的张氏兄弟，因此被他的亲奶奶——武则天下令杖杀。他的父亲复位以后，立即追赠他那位可怜的儿子为皇太子，并赐予谥号为“懿

德”，以隆重的帝王之礼将尸骨迁往长安安葬。在他墓室的壁画上还不忘安置一位手抱琵琶的女子，享受生前未曾尽享的人间之乐！

琵琶起舞换新声，总是关山旧别情。撩乱边愁听不尽，高高秋月照长城。

塞外傍晚，篝火朵朵通明。刚刚取得胜利的军士，围坐在篝火前，把盏言欢。琵琶声声，在伶人的翻唱中，传来新鲜的曲调。

然而，异域的弹拨乐器和曲调，总是撩拨起思乡的情绪。这次又何尝例外？动人的音乐时时提醒着征戍边塞的苦情。遥望月夜中蜿蜒的长城，除了苍凉，就是悲壮，碧海青天夜夜心的嫦娥，竟与边城将士有着如此多的共鸣。

王昌龄——这位最终死于非命的诗人，在他所排列的边塞意象中，难以抹去琵琶的旋律。

战事在大唐如此之频繁，以至于边塞诗人都可以成为一个群体。

李颀把他的那份对兵士的怜惜寄托到汉代的追思。白日登山望烽火，黄昏饮马傍交河。行人刁斗风沙暗，公主琵琶幽怨多。野云万里无城郭，雨雪纷纷连大漠。胡雁哀鸣夜夜飞，胡儿眼泪双双落。闻道玉门犹被遮，应将性命逐轻车。年年战骨埋荒外，空见蒲桃入汉家。

白日里登山观望烽火军情，黄昏的时候又来到交河边喂马儿饮水。

夜晚来临，四周被寂静的黑色笼罩。

出征的兵士敲打着军中煮饭的铜制炊具代替报更。

风沙弥漫，仿佛传来汉家公主远嫁乌孙国时所弹奏的琵琶声，幽怨的声音伴着呼号的风沙，不知吹向何方！边疆塞外，没有大唐长安旖旎的风光。野云万里飘荡，没有半点人烟的样子，倍感落寞。飞舞的雨雪，接连着无垠大漠。它们是如此的冷酷！征人的眼泪仿佛无论如何都不能得到宽恕。生于斯、长于斯的胡人和胡雁，尚且不能忍受这番的悲凉，更何况告别春色满园的故土来到这塞外的征人。

一心追求战功，穷兵黩武的汉武帝，为了斩断汉军回乡的念头，竟然派人遮断玉门关，下令凡私自入关者，杀无赦。拼死了性命又能如何，不过是打通西域的商路。累累白骨不过是换得蒲桃入汉！生命如此卑贱！

因着那一首首撕裂人心的琵琶曲，大唐出征的兵士在那一个个夜晚，竟然和当年在风雪中出关的昭君，感同身受！琵琶曲，大珠小珠落玉盘，那是和亲公主和征人的泪！

长安城的旱灾愈演愈烈。贞元年间的一场祈雨仪式即将上演。从皇帝到他的子民都相信，在这一连串的仪式行为中，老天必定会有所感应，赐予怜悯的甘露。他们相信足以穿透云霄的琵琶乐声，必定将把他们的祈求呈送上苍。

东西街斗艺，则足可以向上苍表达他们祈雨渴望的强烈！

一曲羽调的《绿要》，让东街为之沸腾，康昆仑手到擒来。

妙龄少女以移枫调演奏同曲，声如雷，凉意渐袭，西街为之振奋！后台更衣，所谓妙龄少女原来是和尚段善本。

入宫，觐见德宗李适，耳提面命，成就了康昆仑一代大师的美名。这场长安街头的琵琶斗艺，仿佛是大唐命运回光返照的象征。

这一年后不久，白居易高中进士，开始了仕宦之路。当他被贬为江州司马，在秋风瑟瑟的浔阳江头送别客人时，光阴倏忽已过十五年。

大唐的地方势力日益坐大，即便是遇到勤政的德宗和决意复兴的宪宗，朝廷一样无回天之力。琵琶女，琵琶曲，曲终收拨当心画，四弦一声如裂帛，别有幽愁暗恨生。年少轻狂已逝，商人重利轻别离，满腹才情化作“梦啼妆泪红阑干”的伤心事。

同是天涯沦落人，江州司马青衫湿。

那位在年少时装疯卖傻的“光叔”，却别有雄心潜藏在胸的李忱，在三十六岁登上帝位之时，仍然对这首胡儿都能诵读的《琵琶曲》念念不忘，竭力说服宰相请白居易回朝任职。宫廷乐师罗程以精湛的技艺再次奏响琵琶，他未曾料到此后不过五十多年，大唐将永远成为史书中找寻的记忆。

那首使冷江几乎瞬间凝滞的琵琶声，成为有着双关寓意的大唐绝调。

1900年6月22日。大西北烈日高悬、风沙凛冽。

一位个头矮小、身着灰衫的道士急匆匆向鸣沙山东崖走去。他雇佣的姓杨的挖沙伙计告诉他说，甬道北壁的壁画后有洞。当稀疏堆积的泥土被挖开的时候，无数用白布包裹的整齐堆放的经卷呈现在眼前。英国人斯坦因用狡诈的鬼话，从王道士手中，源源不断掠取洞中古老的经卷——那些大唐丝绸之路的辉煌烙印。这个金发碧眼的外国佬知道它们的价值。

藏经洞外，壁画中手拿琵琶的各色飞天，灰蒙蒙中闪烁着光彩，“霓裳曳广带，飘浮升天行”，飘飘衣袂中潜藏的生命，以怎样的哀痛送别那些相伴千年的经卷，又是怎样冷眼旁观那些一批批红发金眼的劫掠者。

黄昏中，敦煌寺庙飞檐上摇曳的风铃，仿佛将大西北的苍凉送去驼铃声声的远方。敦煌飞天在佛陀头顶盘绕，手执琵琶，轻盈华美、脚踩祥云，至今，仍在无声演绎着大唐的悲喜忧乐。

那时，玄宗在西苑物是人非，物比人坚的感慨，成为大唐最真实的预言。

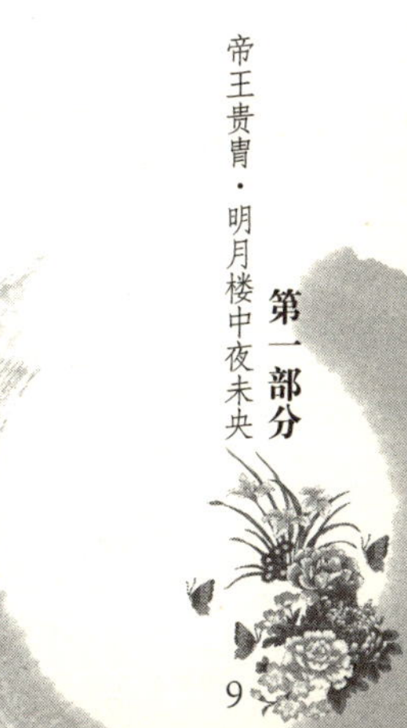

被遗忘的见证——武则天·如意娘

看朱成碧思纷纷，憔悴支离为忆君。

不信比来常下泪，开箱验取石榴裙。

如果说琵琶弹奏着唐代的音色，那么演绎唐代历史的女主人公，则又诠释着大唐文化的另一面：坚强的活着，直露的伤心，大胆的爱恨……

一千三百多年前的某个夜晚，感业寺。冷风灌木，叶影走笔，在泛黄的窗纸上来回舞动。明空侧卧薄床，摇曳的烛火在她的瞳孔中颠来倒去，不胜清怨月明中。眉间迥然苍凉，好似河冰潜流，浸透薄衫。

感业寺的梵唱钟声，无时不刻不在提醒这位曾经侍奉过太宗皇帝的武才人：你的法号叫明空，一位被繁华所抛弃、被爱情所遗忘的女子。明空悲从中来，簌簌泪下。

公元624年2月17日，初春的暖意，还未上演。“恭喜恭喜，夫人诞下了千金小姐！”接生婆忙不迭地报喜。寒门新贵武士彟应和着妻子杨氏——隋朝宰相杨达之女——的高贵血统，竟两度不能传承于男伢儿。这位倾尽家私，孤注一掷跟随太宗，且卓有成效的冒险者，眼中掠过一丝失望的神色。袁天罡“夫人法生贵子”，“龙瞳凤颈，极贵验也，当作天子”的预言，也许在武家人看来，不过是一句玩笑话。

冬天出生的生辰星位，赋予了武家少女天生的果敢与反世俗。襁褓中的婴孩儿第一次看到这世界之时，就必须学会如何在短促的呼吸中，对抗寒冷。早春唤醒万物的蛊惑，使她的每一个毛细孔，都张扬着对自由的向往、充斥着对单调的反感。她，背叛伦理的爱情，铁腕政治的手段，备受诟病的男欢。似乎一切，都是命中注定。

“见天子焉知非福，母亲不必为孩儿伤身”，言毕，14岁的武家少女莞尔一笑，轻撩裙摆，掀开帷帘，踏上马车，母亲杨氏已泪如雨下。耳边是滚动的车轮声，武家姐姐贺兰氏恍惚中竟生出无比的艳羡，“妹妹果真好福气！”

高髻云鬟宫样妆，女子的美貌总是盛世的华丽点缀。永乐公主栽种满园花圃，组建专门的团队，只为制作各式口红。公主冰冷的墓室，那些精致妆容、款款含笑的壁画女子，正是为许她一个美丽的梦。这位极度爱美的代宗的女儿，红颜薄命，出嫁早逝。她的身上，流淌着百年之前武家少女的血液。

“如何是好啊，如何是好！这东西怎生如此不济事”，一匹烈

马正在御苑草场飞奔嘶鸣，拼了命对抗较量，急坏了驯马吏。这是吐谷浑新进贡的狮子骢，来长安已数月。从朗丽晴天到风生动幡，倏忽日映，无人驯服。

御苑高处的李世民，早已行坐难安。“难道这宝马良驹，竟不为我大唐所用？”妃嫔中忽有一人站出，“臣妾愿为皇帝陛下驯马！”“哦”，李世民一看，不过是刚刚进宫不久的武家女儿，半调侃地说，“如何驯得，细细说来。”“只须铁鞭、铁锤、匕首，臣妾就能驯马”，“这马性情非常马所能比，故而亦须用非常之法。”“如何是非常之法？”“欲令此马驯服，先用铁鞭抽之；若然不服，再用铁锤击打马首；再不服，匕首刺之。不为我所用，也断不可为他人所用。”皇帝闻言，喜不自胜。

英姿飒爽驯马女，明媚娇艳善红妆，武家少女得到李世民的宠幸，封五品才人，皇帝毫不吝啬地赐号为“武媚”。至死，未能再给予她别样的头衔，尽管她练得一手好字，时常随侍左右。或许，是因为李淳风夜观星象的推断，又或许是李世民很难对眼前这位——有时有点小冲动，尚缺乏长孙皇后柔中带刚、善谋大事性格的小姑娘心生爱慕。

缔造贞观盛世的李世民，正备受风疾的折磨，行将就木。作为李世民的女人，一种前所未有的危机感，正悄然堆积。十二年的大内生活，洗去少女的稚嫩，取而代之的是成熟女子手起手落间的从容。

燕来燕去，画梁总在那儿；花开花谢，青春悄然逝去。远眺日落，静听滴露。她渴望一位未知的来客，牵着一匹马，拥己入怀。

终南山翠微宫。数日前，李世民忍受不了太极宫的憋闷，移驾终南山。

武媚第一次近距离端详这位小她四岁的俊朗感性、颇通音律书法的皇子，是在李世民病榻前，此时他正虔诚地守护在父亲身边，这是尽人子之孝，也是离宫前长孙舅舅的千叮万嘱。他是李治，世民的第九子。忙碌之间，她靠近他，是捕猎，也是被捕获。“他的眼神像儿时俯视的井口，平静而幽深，似乎无关春来秋去”，“她身上散发着从容与刚毅，潜潜透出娇媚”，刹那间的碰撞和幻觉，武媚仿佛看到自己像条小水蛇，在井中蜿蜒游戏，让井中的光亮闪耀起来。她不禁哆嗦了一下，为这忽如其来的感受和瞬间起心动念。

心有灵犀的一颦一笑，举手投足，成为一种意义的传达。男女之间能够拥有共同的秘密，共同参与游戏，远比肉体结合的感觉，更令他们疯狂欢腾。礼制和法度意在发乎情，止乎礼，堤坝拦隔川流，平静积蓄力量，溃堤后的一泻千里，诱惑着他们在心里蔑视，即将来临的霜刃箭阵。

没有诞育，不能改嫁。妃嫔或被安排进入寺观为尼，或被安置在皇帝家庙苦度余生。这是从北朝以来就相袭的惯例。世民殡天。武媚褪去华服，艳丽妆容不再，皂袍青服，宿雨还添泪一痕。当寺门关闭的一刹那，因着太极宫中那位被军国大事缠身，在长孙无忌的辅佐下的大唐新皇，她得以享受隔空的快感，堂内，同行女子哭声大作，一种胜利感油然而生，催生出无比的勇气。款款接过感业寺净持师太授予的寺牌，不露痕迹地轻扬了嘴角。

宫廷变故和耳闻目睹，她，越来越清楚自己要得到的是什么。她要抓住命运的手，由自己来操控。幻想终究只是幻想。送红日西沉，又红日西沉，再红日西沉。每一晚就像盘古时代那么久远。渴望、忧虑，甚至怀疑，像心头的蛛网覆盖欢愉。恍惚间，“看朱成碧思纷纷”，憔悴支离，衣裙渐宽终不悔。

对于渴望抓住命运之手的人来说，任何一个机会都当做最后一次。

太宗国忌之日，皇帝会集百官，往拜佛堂，行香设祭。兰若清静、佛法言空。佛殿内四目交汇，李治知道自己已堕落。明眸依旧善睐，“曹植诗中的描述就像是为她所写”，腰若束素，凌波微步，仍然像是磁铁吸引着自己心中的铁钉。眼前这位缁衣打扮的武才人，居然有着别样的妩媚，居然也可像高唐神女。他知道必须让这个女人待在自己身边。

她不知道，绝不知道，守丧期间，在无数个睡梦中，他被水蛇缠绕，在罪恶的恐惧中，越来越坚定地闻到，她发髻中飘来的香氛。封存的往事和着嘤嘤课诵，在脑海里盘旋肆虐。法号明空的武才人，下意识轻按念珠，抿了抿双唇，生怕有半点失态，稍不小心，就会溢出温香软玉的往事。

佛堂内微妙的一幕，被净持师太，这位佛口却比俗人更世故的女人看在眼里。当她对武媚悄悄递送给皇帝的手绢视而不见之时，彻头彻尾暴露了自己猥琐的内心。

不信比来常下泪，开箱验取石榴裙，他像任何男人一样，甚至任何一只雄性动物那样，想要得到自己的女人，女人酸软的眼泪，激起的是男人奋不顾身。

云卷云舒、月升月落，伴随着深宫大门开启的嘎嘎声，走来一位踌躇满志的宫女，她的身边是母仪天下的王皇后。王皇后死了，萧淑妃死了，留下了对阿武狠毒的诅咒，——化为猫，生生扼其喉。须眉不肯让人，高宗对强势女人的喜爱，使武媚成功掌控了自己的丈夫，超绝于人的胆魄，成为皇后，成为天后，成为大权独揽的皇太后，直至成为第一位女皇陛下，接受万民朝拜。

万岁之声，声声入耳，一种前所未有的责任感，令她的血液激烈涌动着，大唐将以另一种形式得到延续。权欲有时是一种迫不得已的选择，在浪尖上颠簸，容不得半点喘息，不是你死，就是我亡。飞刀走石、绝处逢生。普天之下，莫非王土，率土之滨，莫非王臣。在那一刻，权欲将超越私欲。

种瓜黄台下，瓜熟子离离，一摘使瓜好，再摘使瓜稀，三摘犹为可，四摘抱蔓归。李贤太子在巴州的哀鸣，是一篇悲凉的寓言。也是一位在男权社会中号令天下的女人，所必须在祭台上奉献的牺牲。

那个参与叛乱的骆宾王写下的文字——“伪临朝武氏者，人性非和顺，地实寒微。昔充太宗下陈，尝以更衣入侍。洎乎晚节，秽乱春宫。潜隐先帝之私，阴图后庭之嬖。入门见嫉，蛾眉不肯让人；掩袖工谗，狐媚偏能惑主。践元后于翚翟，陷吾君于聚麀。加以虺蜴为心，豺狼成性。近狎邪僻，残害忠良。杀姊屠兄，弑君鸩母。神人之所共嫉，天地之所不容。犹复包藏祸心，窥窃神器。君之爱子，幽之于别宫；贼之宗盟，委之以重任，呜呼！”

句句敲心，武媚岂是当年之武媚，对自己的绝对自信可以让她抵住任何责骂而不再发怒。不过是一笑了之，并怪责宰相为朝廷选贤任能，竟然漏掉了这只有才华的大鱼。她知道，骆宾王所写的，是很多人想说却不敢说的话。她忽然有些欣赏这个胆敢在大唐子民面前损毁自己如斯的当代荆轲。只不过，这次他用的是笔，而不是匕首。

“一抔之土未干，六尺之孤何托”，究竟是篡夺了大唐皇位，还是篡夺了大臣的权势，抑或是女人当政的事实，积攒了对异端的不堪与怨恨。“不信妾肠断，归来看取明镜前”，李白为自己写下了这句妙语而自得。“诗人难道未曾听闻武后有‘不信比来常下泪，开箱验取石榴裙’之句”，妻子的话，令他怅然若失。

人们以自己乐于见到的，来书写原本应是的。有人说，这首如此缠绵悱恻的诗句，怎么可能出自那位心狠手辣的毒妇人之手。在获得无上权力的同时，青灯古佛下的见证，极有可能被善意或恶意，有意或无意地删除和摒弃。

历史是男权社会中，胜利者的书写。所以，她只留下了一块任人评说的无字碑。至今，执著骄傲地屹立在乾陵。

公主的残阳——韩愈·游太平公主山庄

公主当年欲占春，故将台榭压城闉。
欲知前面花多少，直到南山不属人。

历史的神秘与余味，总在惊鸿一瞥之处！

大门被缓缓推开，光束由小到大，映射在堂内的木柱上。尘埃像疯了一般拥进来，将她包裹。窒息，就在一瞬间。急匆匆的脚步，戛然而止。她抬起头，眼角闪过那条白绫，平常中泛着些微蓝色的光。

她知道，终究还是未能逃过一死！鸟之将死，其鸣也哀，人之将死，其言也善。这一刻，她只想以缄默来成全孤傲，以缄默来守护她大唐公主最后的尊严。

三月三日天气新，长安水边多丽人。太平观殿外，却别有一番风景。紫衫玉带衬红妆，皂罗上巾娇女将，年方十四五的太平公

主，手起剑落，好不轻盈。“公主剑法真是愈加娴熟！”李公公话音未落，女孩儿已飞奔至李治和武媚座前。“父皇、母后，儿臣的剑术如何？”“自然是好……”“剑法固好！但女子不能为武官，今日着武装，太平岂非服妖？”“父皇、母后何不赐儿臣一个驸马！儿臣可将这身戎装赠予他？”懵懂与成熟，对于青春期的太平公主而言，仅在一线之间，她的父皇读懂了。

门第和出身的显贵，是大唐王孙贵族婚姻的标尺。长安城内历来与皇族联姻的河东大族薛氏，被李治选上了。父为左奉宸卫将军，母亲则是李治的亲姐姐——城阳公主，来自父母的贵族血统，使薛绍毫无悬念地成为驸马。

永隆二年的那天傍晚，天边的云霞像血色般印刻在太平的记忆中，马队扬幡，鼓声远闻，火烛连夜，公主和驸马从大明宫前往万年县馆行礼的浩浩车队，所到之处，无不欢声雷动，大唐子民手举火炬，肆意宣泄着对盛世皇权的仰视与拥戴！“方期六合泰，共赏万年春”，她的父皇，将骄傲与祝福毫不吝啬地赠予他钟爱的女儿。灯火从薄纱帷幔中透射到太平的眼眸中，火苗一样跳动着，在这本该情怯意绵之际，公主竟不合时宜地，生平第一次感到至高无上的权力，是如此之诱惑和迷人。

毕竟是李治看上的女婿，武后对薛绍兄弟妻子不是贵族血统，“我女岂可使与田舍女为妯娌”的抱怨，像一根小刺不痛不痒地扎在她的心上。所以，当这位娶了大唐第一公主的薛绍，七年后，被告发与唐宗室琅琊王李冲通谋反对武后，即将被施以极刑之时，武后无视了太平的哽咽与哀求，平静地劝慰太平结束这段婚姻，尽管此时太平已是三个孩子的母亲，最小的儿子，襁褓在怀。

所有年少的追思、青春的幻梦，儿女情长的纯真、任性与骄纵，在丈夫冰冷的面孔出现在太平面前之时，她知道，一切已无法挽回地成为过去。她不知道，究竟应该恨自己的母亲，还是应该试着学习领悟权力背后，罔顾亲情的残忍与血腥。

很多年后，太平眼中偶尔露出的怨怼神色，令武攸暨——这个沉谨和厚的男人，百思不得其解。“她在哀怨什么，她究竟还有怎样的不满！”正是这个女人的到来，她的母亲，他的姑姑，那位实际早已君临天下的娘娘，以三尺白绫赐死发妻。也许他的哥哥——武承嗣在大婚前夕，收到公主退婚的旨意之时，能以遮遮掩掩、不易觉察的一缕羞愧，来冲淡那份怨怼。毕竟，这位在朝堂内外“殚精竭虑”，浑身上下被欲望所滋养的，武后首当其冲的大侄子，曾间接夺走了太平丈夫的生命，夺走了太平生命中最珍贵的眼神。

冯小宝的尸首在白马寺灰飞烟灭。当太平从母后脸上读出“心悦”二字时，她知道，她成功了。曾经深得朕欢又能如何？飞扬跋扈、丧心病狂、行为乖张……既被权力所赋予，又最不能为权力所容忍。有那么一瞬间，她从母后肯定的眼神中，得到鼓励和怂恿。她感觉自己仿似回到儿时，那时，她曾无数次向母后表达过，她的崇拜和仰慕。

武攸暨的隐忍、克制与内敛，成全了太平的私欲和对权力的追逐。包养男宠、纵情声色，出入宫闱、密谋大事。大明宫内，宫廷政变一触即发。

武氏一脉和昔日太平进献给母后并备受其宠爱的张氏兄弟，对

权力的觊觎，昭然若揭。诛杀二张，武周还政李唐，朝夕之间，已然变天。百官络绎不绝往来于公主府，朝拜“镇国太平公主”并以此为殊荣，迎来送往之中，太平的眼神异常深邃，平静从容，这是她十多年来的经历磨炼出的智慧，一种生存的本领。

如果说永隆二年的那个夜晚，是太平公主永生难忘的记忆。那么，同样也是李显与韦后情感的见证。同一天，两个怀揣少女梦的女子嫁作他人妇。这也许是一份孽缘！二十九年后，据说这个女人和她的安乐公主亲手毒死她的夫君——此时已贵为大唐新主的李显。这些坊间谣传，是对韦后和安乐公主最狠毒的诅咒。十几年的流放生活，培植了她和李显共患难的夫妻情深，也让她看穿了丈夫难以克服的懦弱。无数次的风口浪尖，恨透了胆战心惊、风雨无时，她和太平公主一样，深深领悟到，在大唐波谲云诡的政坛，皇室女人已无法置身事外，只有拥有无上权力，才能掌控自己的命运，使生命得以保存，繁华得以延续。

于是，这两个曾经同一天出嫁的少女，经历了种种笑里藏刀的厮杀暗斗，终于兵戎相见。长恨绵绵无绝期中深情演绎的主角，三郎李隆基——二十出头的临淄王，颠沛流离中积攒着隐忍与刚强，早已不是不识愁滋味的少年。梦想成为武曌的韦后，仓皇出逃，死于刀下，她无法紧闭的双眼，是对此生残梦的眷恋。

太平知道，三郎不会放过她。她踏上前往蒲州的马车，长安城越来越远，奇耻大辱涂抹着眼中的恨意，让她的视线粘在愈加模糊的焦点。同样的车马声，长安城又一次清晰出现。“改变策略”，太平在一遍遍的默念中，胸中已然有全盘计划。韬光养晦、暗渡陈仓，对于太平而言，权谋之术，如掌中走丸。

一个九品主簿王琚都胆敢随意践踏——太子的权威，“请看今日之域中，竟是谁家之天下，唯太平公主一人而已！”许多人说，她越来越像她的母后，她不想否认，也不愿否认。如果能成为母后那样，能让那些蔑视女人的男人，俯首称臣的高贵的女人……

星象异动，是灾难和祥瑞的征兆，这是天子从上天得到的警告或暗示。正如太平出生的那天清晨，月亮很晚才从天边消失。术士报告说，彗星出现意寓改弦更张。一向优柔寡断的四哥竟拒绝，太平欲废除三郎太子身份的建言。

在两难的选择中，她的四哥食不下咽、夜不能寐，“就此别过吧，再登帝位的荣耀始终无法比得上生命的可贵，大唐皇室历经太多的风雨，没有什么时候比现在更需要安宁”。出人意料地，宣布了第三种答案，他的自我牺牲，他的退位，成全了李隆基。而她，太平，将迎来一生之中可能最具决定性的一战。

权欲像慢性病毒，一旦遭遇侵蚀，就很难戒除。太上皇的戒心和公主的蠢蠢欲动，三郎很快失去了初登帝位的兴奋，坐不住了。杀伐决断，机会转瞬即逝。先发制人，忍常人所不能忍之心，狠常人所不能下的狠，帝王之学，须在腥风血雨中历练。承天门楼下，乌泱泱大军逼近，则天皇后的第四个儿子，她孝顺而懦弱的旦儿，将权力还给了她的孙儿——李隆基。

太平躺在那里，恍惚间看见自己少时的背影，她的父皇、母后在高台上微笑，手中的剑漫天飞舞！那是一个落英缤纷的季节！天边如血的残阳，灯火通明的万年馆。她从半透明的帷幔中，悄悄掀

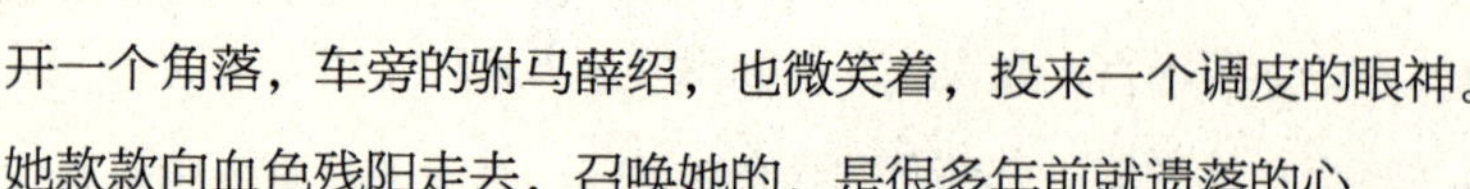

开一个角落，车旁的驸马薛绍，也微笑着，投来一个调皮的眼神。她款款向血色残阳走去，召唤她的，是很多年前就遗落的心。

太平死了，她的儿子也死了。皇室中那些跃跃欲试的女人们，以此获得警告！男人们从太平的死亡中获得一丝久违的快意，在这份快意中，他们看到清明世界、朗朗乾坤。他们所憎恨的，究竟是这个权倾天下的女人，还是太平的女儿身，他们自己也很难说得清。

韩愈望着这座曾盛极一时的太平公主山庄，只剩下“公主当年欲占春”，“直到南山不属人”，沧海桑田、繁华成空的叹息。旧时模样旧时心，早随不无遗憾的眼神逝去！这也许就是一个皇室少女的命运。

私语与悲歌——白居易·长恨歌

汉皇重色思倾国，御宇多年求不得。杨家有女初长成，养在深闺人未识。天生丽质难自弃，一朝选在君王侧。回眸一笑百媚生，六宫粉黛无颜色。春寒赐浴华清池，温泉水滑洗凝脂。侍儿扶起娇无力，始是新承恩泽时。云鬓花颜金步摇，芙蓉帐暖度春宵。春宵苦短日高起，从此君王不早朝。承欢侍宴无闲暇，春从春游夜专夜。后宫佳丽三千人，三千宠爱在一身。金屋妆成娇侍夜，玉楼宴罢醉和春。姊妹弟兄皆列土，可怜光彩生门户。遂令天下父母心，不重生男重生女。骊宫高处入青云，仙乐风飘处处闻。缓歌慢舞凝丝竹，尽日君王看不足。渔阳鼙鼓动地来，惊破霓裳羽衣曲。九重城阙烟尘生，千乘万骑西南行。翠华摇摇行复止，西出都门百余里。六军不发无奈何，宛转蛾眉马前死。花钿委地无人收，翠翘金雀玉搔头。君王掩面救不得，回看血泪相和流。黄埃散漫风萧索，云栈萦纡登剑阁。峨眉山下少人行，旌旗无光日色薄。蜀江水碧蜀

山青，圣主朝朝暮暮情。行宫见月伤心色，夜雨闻铃肠断声。天旋地转回龙驭，到此踌躇不能去。马嵬坡下泥土中，不见玉颜空死处。君臣相顾尽沾衣，东望都门信马归。归来池苑皆依旧，太液芙蓉未央柳。芙蓉如面柳如眉，对此如何不泪垂。春风桃李花开日，秋雨梧桐叶落时。西宫南苑多秋草，落叶满阶红不扫。梨园弟子白发新，椒房阿监青娥老。夕殿萤飞思悄然，孤灯挑尽未成眠。迟迟钟鼓初长夜，耿耿星河欲曙天。鸳鸯瓦冷霜华重，翡翠衾寒谁与共。悠悠生死别经年，魂魄不曾来入梦。临邛道士鸿都客，能以精诚致魂魄。为感君王辗转思，遂教方士殷勤觅。排空驭气奔如电，升天入地求之遍。上穷碧落下黄泉，两处茫茫皆不见。忽闻海上有仙山，山在虚无缥渺间。楼阁玲珑五云起，其中绰约多仙子。中有一人字太真，雪肤花貌参差是。金阙西厢叩玉扃，转教小玉报双成。闻到汉家天子使，九华帐里梦魂惊。揽衣推枕起徘徊，珠箔银屏迤逦开。云鬓半偏新睡觉，花冠不整下堂来。风吹仙袂飘飖举，犹似霓裳羽衣舞。玉容寂寞泪阑干，梨花一枝春带雨。含情凝睇谢君王，一别音容两渺茫。昭阳殿里恩爱绝，蓬莱宫中日月长。回头下望人寰处，不见长安见尘雾。惟将旧物表深情，钿合金钗寄将去。钗留一股合一扇，钗擘黄金合分钿。但教心似金钿坚，天上人间会相见。临别殷勤重寄词，词中有誓两心知。七月七日长生殿，夜半无人私语时。在天愿作比翼鸟，在地愿为连理枝。天长地久有时尽，此恨绵绵无绝期。

“须臾舞罢浑无事，还似人生一梦中”，人生就像是一场梦，但是梦无法取代真实人生。更加残忍的是，你想梦，却总也梦不见。醒来之后的李隆基，深谙这种失落。从太平天子，跌落到流离失所，再回到物是人非的旧宫苑。最终才发现，自己并不能超越肉身。

霓裳羽衣，飞跃尘世，仙乐飘飘，飞得越高，跌伤越重。身边服侍的宫女，居然鼾声雷动，散发着阵阵浊气。她身上传来的温暖，突然让人觉得尴尬。他不禁将衰弱的肉体，朝床外挪挪，轻轻下床。月上西窗，经风一来，木叶沙沙。回忆，常因太过复杂而迷途难返。

这是天宝初年，一次最为平常的宫廷聚会。骊山的温泉宫里，皇家的贵族气在空气里氤氲着，温暖而潮湿。五颜六色的衣袂随风吹扬着大唐盛世的气息。“寿王、寿王妃到。”门侍传声刚落，坐在上席的李隆基抬眼往门口望去。阳光，明晃晃直刺眼眸，光亮胀满眼球，伴随着阵阵传来的幽幽甜香，如同春天的曲江草地。

李隆基想到这儿，嘴角不自觉地微微上扬，惠风拂面，想要抓住眼前的幻梦，“玉环那天是穿着什么样的衣服，梳着什么样的发式，我为何怎么也想不起来。”玉环纤指飞动，怀中琵琶，流出五彩云霞，幻化出璎珞装饰的菩萨，身着霓裳的神女，她就像一位音律中存在的通透精灵，在其中弹奏舞蹈，像凤凰蹁跹，神光熠熠。温泉泡过后红润的笑靥就像石榴子那样透明润洁。

绵羊让远方的狼群嗅到了肉欲的芬芳，精于此道的李隆基陶醉忘返，世上从来没有一个女人能这样仪态万方。这些久违的感受让他瞬间想到了武惠妃，那位美貌智慧并拥、深得三郎宠爱的女子。

一闪而过占有的恶念，李隆基一时竟难以与儿子李瑁对视，此时，继承了来自母亲和父亲身上良好基因——俊俏英伟、性格娴静的寿王，正无比骄傲地欣赏王妃的舞姿，李隆基端起几案上的酒杯以掩饰内心的不安。

“高公公，你说为什么越是得不到的东西越能让人朝思暮想？”“陛下，率土之滨，莫非王臣，草原上的雄狮也是如此争夺自己的心仪。”偌大的长安城，有些人，街上偶遇几百次，也未必能相知相识。有些人，却是生来的孽债，让你用一辈子去赎还。武惠妃离去，李隆基用最奢华的葬礼来表达自己的眷恋，当惠妃的棺木抬进用立体减底彩绘浮雕装饰的精美石椁，李隆基以为他的爱也从此与惠妃长眠。

他用一种玩世不恭的态度来宠幸那些宫廷女子，这是惆怅失落，也是对已逝珍爱的祭奠。所以，当他在温泉宫中怦然心动的刹那，他差点被自己吓到。

回忆有时就像是浓黑的夜里，划燃一根火柴，照亮自己熟悉的世界，驱赶身边的寂寞，让熟悉的已去的人们，重新来到身边，靠着一点欢腾的火舌，鼓舞自己柔弱的心。

没有思念，就没有寂寞。温泉水滑洗凝脂，挂在臂膀的水珠，就像荷叶盈盈盛着晶莹剔透的珍珠，“回眸一笑百媚生，六宫粉黛无颜色”，“新承恩泽时”的娇羞和婉转，让隔了十多年后已至古稀之年的李隆基，仍然能够想起玉环脸上复杂而又玄妙的表情。

“圣人用心，方悟真宰，妇女勤道，自昔罕闻，寿王瑁妃杨氏，……属太后忌辰，永怀追福，宜度为女道士”，这道《度寿王妃为女道士敕》文，使寿王在母亲离世后，第一次感到孤立、羞辱，父皇借守孝度道之名，行夺妻之实，自己竟毫无办法！

玉环离开王府，成为太真，寿王第二次见到王妃，已是大半年过去。温泉宫改为华清池，寿王身边坐着新的王妃，也许李隆基为表不能公开的歉疚，为儿子选了京兆韦氏的女儿。

太真在人群中舞动着……李隆基未曾有半点紧逼，谈音论乐，少涉儿女之情，她的命运不由我的哀伤，她被"自愿"别夫的无奈，在梨园——这个音乐的大家庭中渐渐忘却，然而，她永远无法抹去对那位少年最初的爱恋，疼惜，令她的舞步略微有些黏滞。"她已经渐渐把我忘却了吧，眼神中尽是欢愉，这是多么讽刺的场景！"这是对咫尺天涯最好的诠释。

"云想衣裳花想容，春风拂槛露华浓"，"名花倾国两相欢，长得君王带笑看"，李白被霓裳羽衣舞完全陶醉了，羯鼓阵阵，丝竹声声，缓歌慢舞，"尽日君王看不足"。已为贵妃的玉环，以高超的舞技征服了这位狂放的大诗人。梨园，今夜无眠。

这是一个亘古不变的悖论。人生来并不自由，权力是让自己拥有心爱女人最可靠的方法，以此杜绝他人的偷窥和侵夺。然而，权欲的减退又何尝不是沉醉于温柔乡的代价。

"春宵苦短日高起，从此君王不早朝"，李隆基想要携带杨贵妃过桃花源的生活。他累了，在皇帝的位置上坐累了，倦怠了整日处理公务，倦怠了选贤任能，倦怠了事必躬亲，倦怠了朝廷纷争，所以当天宝十三载的雨水，在长安城肆意蔓延的时候，他望着窗棂外，悠悠地问高力士，"这是怎么回事啊，这场雨下个不

停？”“自陛下以权假宰相，赏罚无章，阴阳失度，老奴又何敢言呐？”谄媚专权且无能的杨国忠，屡犯众怒，他何尝不知，“只是，只是朕真的累了。”

“渔阳鼙鼓动地来，惊破霓裳羽衣曲”，城外已是战火纷飞，“西风渭水，落日长安”，是果了是因，十五年来的醉生梦死，终须有场风暴之后的宁静。他万万没有料到，自己苟且于世，会晚于比自己少三十五岁的太真，告别这个让他们留恋的尘世，蟪蛄也知争取朝阳中的欢腾。

西宫南苑屋角上的铃铛，正在秋风的摇曳下洪亮地奏鸣。一声一声与心跳共鸣，也许它们曾在半夜滴下让人安眠的歌曲。境由心生，他和玉环原来都没有察觉。“太上皇，外边很凉，披上衣服”，曾经沧海难为水，除却巫山不是云。一个人的心已经被完全占据，哪容得半点风浪，“临邛鸿都道长到了没？”“太上皇，道长已经到斋堂准备好。”“无数次的噩梦，就是不见她来，是不是她还在怨恨我在马嵬坡上的薄情。”

奔蜀将领一刀砍下杨国忠的首级，狼狈与疲劳在四军将领激愤中得到宣泄，在太子李亨的默许下，陈玄礼高喊着，“除贵妃，清君侧”。“贵妃诚无罪，然将士已杀国忠，而贵妃在陛下左右，岂敢自安！愿陛下审思之，将士安，则陛下安。”好一句“将士安，则陛下安”！不愧是眼光深巨的高力士，一语道破！怎生无情风沙偏吹落我御苑名花，魂断天涯。想那明妃王昭君，也不过是“泣西风，泪湿胡笳”，何曾是“六军厮践踏。将一个尸首卧黄沙”。

佛堂内，三郎与贵妃是怎样的生死诀别！高力士是怎样在无可奈何之下勒死了这位绝代佳人！佛堂外，又在怎样的情形下鉴别了贵妃的死状！“君王掩面救不得，回看血泪相和流”。“蜀江水碧蜀山青，圣主朝朝暮暮情”，他毕竟是盛世的风流天子，她毕竟是大唐才貌双全的单纯女子，很多年后，在那种美好愿望的驱使下，坊间出现了贵妃未死、瞒天过海的传言，她在遣唐使的帮助下，东渡扶桑，在一个叫山口久津的村落，更名换姓、隐没人间。真实的境况，再无人知。

西宫南苑，临邛鸿都道长已准备停当。“太上皇，亘古宇宙唯有真情”，“那么能看见我的玉环么”，“心诚则灵，太上皇闭上眼集中丹田之气，不要去理娘娘是否会接受，想象你们一起游戏花园，阳光如女人的手那么温暖地捧着世界，百花缤纷，彩蝶翩翩，艳丽的西域美人罂粟花散发着妖冶的味道，你们手牵着手一起穿过假山抚摸青草，如此舒坦，让人流着细细的汗，突然娘娘飞身直上碧天……”

“上穷碧落下黄泉”，登楼步阁、涉水缘山，李隆基睁开眼发现自己来到一片奇异的世界，可能就是传说中的海上仙山，鸿都道士先去敲门，衣带漂浮的一大群仙子来到，她们的衣服虽然都色彩鲜妍却并不俗气，高贵而又出尘，妩媚而又端庄，通过催眠，李隆基看到自己心爱的女人，已经成为仙山上最美的那位，就像粉红的荷花开在渌水之间。

她正向他款款走来。

“在天愿作比翼鸟，在地愿为连理枝”，“天长地久有时尽，此恨绵绵无绝期”，誓言寄词，钗钿满是离情。长生殿，夜半私语，不过是半晌欢欣。道长法事将尽。醒来，依旧是“滴溜溜绕闲阶败叶飘”，依旧是“疎刺刺刷落叶被西风扫”，依旧是“吉丁当玉马儿向檐间闹”。

雨湿寒梢，泪染衣襟。当寂寞的潮水，渐渐淹没了宫苑。也许杀死寂寞的方法，就是那梦中半晌的热闹。

无法挣脱的傀儡人生——李昂·宫中题

辇路生春草，上林花发时。凭高何限意，无复侍臣知。

河出图，洛出书。景星明，庆云现。甘露降，膏雨零。海无波，黄河清。

当人们从蛮荒时代迈向文明世界之时，他们相信宇宙中有一套存在已久的井然秩序，上天、后土，以及生活于中间的芸芸众生之间，有着某种奇妙的联系。

上天委派它的孩子来管理众生，并且是那样赏罚分明，当孩子使他的臣民在风调雨顺之中安享富足，它会用赐予非常的现象来暗示或奖赏孩子。

它的孩子，就是天子。

昔日江王，今日少年天子，十八岁的李昂带着对重振大唐的雄图伟略登上帝位。阉党，阉党，那是大唐的梦魇，他发誓要将这颗

附着在皇室身边的毒瘤翦除，尽管他也是为阉人所力捧。他赋予了生母萧氏至高无上的地位，还慈奉他的祖母以及敬宗皇帝的母亲。那个一向注重在宴会中显摆炫耀的公主，因为一身的华服而令驸马被扣除两月俸禄，她在怨恨哥哥的同时，也深深为他身上所透出的决断力而感动，皇室中已经许久未曾嗅到如此青春张扬的气息。

拥天下之物的皇帝，却能做到节俭持让，这是多么可贵的品质。所以，在一个普通的夏日，他举起自己的衣袖，告诉朝臣说，“朕这件衣服已浣三次”。

他享受朝臣的赞颂，因为他总能从中得到一份坚持的力量，每当这时，他都觉得身为皇帝的自己所承受的这份委屈不算什么。然而，那位以书法闻名于长安城的柳公权却沉默不语。问其故，回答说：“陛下贵为天子，富有四海，当进贤退不肖，纳谏诤，明赏罚，乃可以致雍熙。服浣濯之衣，乃末节耳。”

年轻的皇帝因此对这位中书舍人刮目，对魏徵的仰慕，使他瞬间有君臣相遇相知之感。他小心翼翼地遵从着圣人的教诲，他相信只有修身齐家才可治国平天下。他，是儒圣最虔诚的学徒。

三十二岁，步入中年。十四年的际遇，太过跌宕的人生，已让他不堪重负。十八岁时尚能有所决断，三十二岁，却只能听命于阉党。这种极致对比下的可笑与荒谬，让他在延英召对时，竟然在嘴角轻轻泛起笑容。

他悄悄问身边的直学士周墀：“在卿看来，朕为君如何？”周墀再拜后答道：“小臣不足以知大君之德。凡百臣庶，皆言陛下是唐尧之圣、虞舜之明、殷汤之仁、夏禹之俭。”

李昂苦笑道："朕何敢追尧舜禹汤，只问与周赧王、汉献帝相比如何？"周墀惶骇跪奏："成康文景也难以与陛下相比，更何况这二位亡国之君！""周赧王、汉献帝不过受制于强诸侯，今朕却受制于家臣。却是连他们二位也不及呵。"说罢，龙姿掩抑，泪落衣襟。

紫宸殿内。百官鱼贯而入，依班序立。这是太和九年十一月。

秋风肃杀，殿外古树枯叶零落，如同大唐的命运。

二十八岁的李昂踏上御座，脚步格外谨慎沉重，即将上演的血雨腥风，使他压抑许久的心得到些许放纵，终于到了决战的关头，面对一无所知的那些朝臣，他只能一再用坚实有力的步伐，提醒自己绝对不能出半点错，露出半点端倪。

他必须躲过那些虎视眈眈的眼睛，那些似狼一样，闪烁寒光的眼睛，当它们扫过自己脸上的时候，他要以平常得不能再平常的面容去回应。任何把柄都不能被抓住！这时，左金吾卫大将军韩约入奏，"大明宫左金吾厅事后石榴树，夜降甘露，此为上天降祥之征兆，非圣明感天，不能有此"。

官员中一片哗然。

这种据说如蜂蜜般甜润的露水，其凝如脂，其美如饴，其状如雪，它是如此罕见的祥瑞之物，竟然在秋风为之悲颓的时节，就这样悄无声息地来了。宰相李训、舒元舆，率百官齐齐向皇帝陛下拜贺。

他们似乎都那么真诚地觉得：眼前这位十九岁即位，九年来躬亲政事、致力除弊，在皇位久经考验的皇帝，应该得到上天的犒

赏。“如此罕见之物，皇帝陛下不妨亲自往视，以仰承上天的恩德。”

李训的提议很快得朝臣的附和，事实上他们当中不少人各怀鬼胎。当然其中也不乏好事的官员是真的想要一睹甘露的芳容。

几番礼仪上的推脱与谦辞之后，皇帝陛下终于同意。皇帝坐上銮舆，朝臣紧跟其后，出紫宸门，前往含元殿。归置之后，皇帝命韩约陪同李训先往核实。良久，未曾料李训来报说：“陛下，天降甘露之事，非真。不可遽行宣布、昭告天下啊！”朝臣议论纷纷，皇帝也仿佛慌了手脚，一时之间难辨真假。“左右中尉仇士良、鱼弘志二位，即往视之，待复核之后，再作论断”。

这仇士良、鱼弘志，乃是自宪宗朝就出入宫闱的宦官，把持禁军大权，可以说将皇帝的生杀玩弄于股掌，即便励精图治如李昂，也对他们没奈何。二人带领二三属下前往左金吾厅。当李昂目送他们的背景渐渐远去，心中不甚快意。

左金吾厅，正酝酿着一场由皇帝导演的“阴谋”。秋风瑟瑟，院内异常宁静。毕竟混迹宫中多年，见惯大场面，当仇士良踏入院内的时候，敏锐地直觉之下倍感怪异，狼样闪烁剑光的眼睛四处扫射。早已等候院内的韩约快步迎了上来，“请中尉随我前往”，在这深秋的时节，韩约额头上竟然冒出了汗滴。“将军何为如是？”话音未毕，风吹帘幕，埋伏在院内的甲兵露出手中家什。这边厢，韩约还未回答问话，那边厢，仇士良已慌忙返奔向含元殿。

当李昂被眼明手快的阉党强行拖入软舆，当李训被仇士良声声指称谋反，当殿内官员，逃奔的逃奔，被杀的被杀，李昂知道，他的绝地反击已彻底宣告失败。这位深知阉党乱政，又难以摆脱其控制的皇帝，在隐忍再隐忍之后，好不容易才培养起自己的羽翼，对于他的勤勉与雄心，他的孝顺与节俭，老天并未给予他应得的报偿。

一切的一切，都灰飞烟灭。黄钟毁弃，瓦釜雷鸣。大唐不再是李家的天下，一众阉党反客为主。“我还能做什么？”坐在阉党们急匆匆抬着前行的銮舆中，李昂心中涌出无限悲凉，仿佛已身处冰冻的寒冬。雪地里踽踽独行的脚印，经不起狂风肆虐。

又是一年“庆成节”，又是一季，秋风秋雨愁煞人。多年前的这一天，皇帝陛下曾定下规矩，不允许宰杀猪牛，只能食用瓜果蔬菜，诏令京兆尹暂停在城南曲江池宴请百官和在宫中为他祝寿。这一天，长安街头张灯结彩，锦车穿行，华服飘逸，这是大唐子民在为他们的皇帝庆祝生日。他们认为那位传说中勤勉的皇帝受得起这样的敬奉。“大明宫内不知是怎样热闹的光景？”

宫外世界的猜想，永远只是对表面世界的想象。当李昂在大殿上接受百官的朝贺，他定下的规矩在阉党看来早就是具文，何足挂齿？他要帮助他们完成这场虚张声势的表演，让朝臣知道阉党是如何尊敬皇帝陛下，他是如何乐于将权力交到阉党手中。这是这场演出的最大的意义之所在。

朝臣们也是表演者之一，他们必须倾力演出来换取永保官位，所有的人，都在大明宫内卖力演出，包括宫中端水倒茶的侍女。她们要表现得无比高兴，任何同情与可怜的眼神，都绝对不被允许。什么叫比烟花还寂寞的痛彻心扉，他总算有所领悟。

朝中已是物是人非，坐在宴席中的好多官员，他，完全没有任何印象，不，是完全不认识。那些熟悉的嘴脸，那些阳奉阴违的阉党嘴脸，让他觉得恶心。可是，他，大唐皇帝，太宗文皇帝的子孙，却成为被阉党掌控的傀儡。他不知道，他将以怎样的面目赶赴黄泉。

想到这儿，他的心猛烈地绞痛起来，他默默走出后殿，走出那片表演给别人看的喧嚣。

宫中的甬道上，秋草四起。上林苑的繁花在宫廷匠人的培植之下仍然夺目生辉。秋草一片哪里及得上繁华似锦，然而它却默默地变换着生命的颜色，尽管当风雨来临之时，它无法掌控自己紊乱的方向。他恨透了这种风扯线偶的生活。假若能按照自己的心愿活下去，他，李昂愿意舍弃那虚假的帝王生活。

春天的牡丹花在长安城中蔓延。正月就如此繁盛，天呈异象。昨日朝臣来恭贺新春，李昂没有接受。他躺在病榻上，望着灰蒙蒙的天色，眼前是宫女采摘的牡丹，艳丽的颜色，在他的瞳孔中幻化成五颜六色的星星点点。

他忽然想起前朝刘禹锡的诗句，“唯有牡丹真国色，花开时节动京师”。脑海中又浮现出自己和柳公权对坐论学的场景，那是多么炎热的盛夏。人皆苦炎热，我爱夏日长。熏风自南来，殿阁生微凉。

殿内一片静寂，宫女们呼唤的声音渐行渐远，高宗和武则天的乾陵无端端失火，他感觉那是召唤他归去的启明灯。

和亲祭台的牺牲——李敬方·太和公主还宫

二纪烟尘外，凄凉转战归。胡笳悲蔡琰，汉使泣明妃。
金殿更戎幄，青祛换毳衣。登车随伴仗，谒庙入中闱。
汤沐疏封在，关山故梦非。笑看鸿北向，休咏鹊南飞。
宫髻怜新样，庭柯想旧围。生还侍儿少，熟识内家稀。
凤去楼扃夜，鸾孤匣掩辉。应怜禁园柳，相见倍依依。

自由其实和人的地位高低，并不成正比。

皇亲国戚虽出身高贵，却在诞生那一刻，就处于名利纠葛的一张大网中。

婚姻有时并不是单纯为了结同心之好。对于皇室女子而言，似乎从她们降生到这个世上开始，就注定要将婚姻的自主权交付给皇权政治。享受了常人所不能享受的荣华与权贵，就要付出常人所不能付出的纠结与忧郁。

公元843年，长安城内正在准备一场盛大的典礼，礼仪官为此足足准备了近半月。在车驾穿过高高的城门的那一刻，太和公主透过薄薄的帷幕望见越来越清晰的屋宇，觉得自己仿似离开这座城市已一个世纪。纷至沓来的往事压得她有些喘不过气。

她不知道她该怎样面对早已等待在朱雀大街两旁的大唐子民。她为自己未能完成和亲的使命而感到万分羞愧。不仅未曾给大唐带来和平和荣耀，反而成为敌国要挟的人质。

她的父亲唐宪宗，她的哥哥唐穆宗已故去。如今，大明宫内主事者是她的侄子李炎——唐武宗。她不知道这位皇帝会不会因此而气急败坏，虽然他此时依照国家典礼迎接她的回归。

三十多年前，宫中传言回纥可汗派遣伊难珠到大唐求亲。太和公主那时还是几岁的小女孩，姐姐们的脸上弥漫着一种忧心忡忡的情绪。她的父亲那段时间似乎变得非常忙碌，天天召集大臣商议。

宫中的侍女们交头接耳地议论，她们各自猜测着，她们的眼神，仿佛赌场中的赌徒。据说，礼部尚书李绛曾向父亲力陈和亲对于安邦的好处。但她的父亲不愿意以自己的女儿作为和平的交换，更何况那时的回纥不是强大到非得要和亲的地步。反而是他们需要借助我大唐的力量以获得政治资本、挽救颓势，维持大唐和回纥之间不等价的绢马贸易。她的父亲以礼赞不足没有答应他们的请求。

四年后，他们又派了8名摩尼教徒来到了长安求亲，大唐那时正和藩镇作战，实在难以承担沉重的和亲费用。太和公主的父亲再次拒绝了他们。

当她的父亲快要离世的时候，回纥终于成功了。太和公主的姐姐永安公主被选中，即将远赴那个边远苦寒之地。永安公主是一个性格沉静如水的女子，远赴异国他乡的忧郁让她处于一种近乎失语的状态。父亲逝去，回纥的报丧者传来了保义可汗病亡的消息。永安公主未出阁便堕入道观，从此在道观中与风声鸟鸣相伴。

太和公主的哥哥即位了，他就是以后的穆宗皇帝。回纥的合达干使者再次来到大唐坚决和亲。这次，她的哥哥决定让她成为和亲公主。她的姐姐们轮流来安慰她，她笑着告诉她们不必为了她的远去而忧伤，那是作为大唐公主的荣誉。

此时，她的国家正处于多事之秋。没有足够的财力款待回纥迎亲使节，还必须以丝绸来交换使节团带来的马匹。作为李氏宗族的子孙，她愿意为她的国家和子民成为可汗的妻子。用她的婚姻来换得父母之国的安宁。只是没想到，这次离去，竟然是她和哥哥的永别。她更没有想到，二十多年以后她会重新回到大明宫。

初夏清风吹送，太和公主在回纥使者的护送下，踏上了往西北的征程。漫长的路途中，她第一次见到长安城，甚至大唐以外的西北世界，等到正月再次来临、她的脸被风沙吹得有些干裂的时候，终于看到远方朵朵帐篷，侍者告诉她，那将是她未来的家。

可汗用隆重的回纥礼迎接了她，并册封她为昭礼可汗的可敦。可敦是回纥人对皇后娘娘的尊称。当她被告知褪去唐装，着胡装以行礼。她忽然有一种不祥的预感，这是不是意味着从这一刻开始她已永远告别了她的大唐身份。她从侍者不流利的汉话中大约听出，她必须在新婚的这天举行拜日仪式，这是可汗的正妻才能采用的仪式。那个他们所敬仰的腾格里天神，它将赐予可汗和可敦抵抗灾祸

的能量。

护送她到回纥的使者即将回国，她竟然泪落涟涟，原来她比自己想象中更怀念大唐、怀念长安，怀念她曾经非常习惯的种种风俗。只有离开故乡的人，才知道故乡在自己心中的重量。

四年时间，她几乎改变了人生的前十多年养成的习惯，当她的皮肤在烈日和风沙之下变得越来越坚强，当她可以在牙帐中非常自在地吃饭睡觉，一场意想不到的事情发生了。她的可汗被部下所杀，她每天在担惊受怕中度日，不停歇的大雪冻死了无数的牛羊。

她做了彰信可汗的可敦，七年后，彰信可汗又被杀，她又做了阖馺特勒可汗的可敦。一女嫁三夫，这在大唐是无法容忍的事情。然而，在回纥却是理所应当并且必须要那样做的事情。女人在那里，是权力转移中的附属品。

她常常望着遥不可及的长安叹息，大唐公主的骄傲与蛮横只有在那样的国度才有可能。她迫于当时的形势，远嫁回纥，她们一样，在这里遇到种种变故，同样是一女嫁三夫。然而，她的姑母是个聪慧能干的女子。常常周旋于回纥和大唐之间，发展了良好的绢马贸易。她很想效仿她，但后来却发现原来根本就不需要她。

回纥内乱，能够苟延残喘地活着就已经十分幸运了。黠戛斯攻破回纥，太和公主以为又将成为他的女人，没想到这位自称汉朝李陵的后代，决定将她送还大唐。在达干护送她入塞的途中，她被回纥的乌介抢回。这个野心勃勃的小人，一次次以她为人质要挟大唐，请求册封为乌介可汗，要求粮食支援，甚至不断骚扰大唐的边境。

她不知道自己为什么还要苟活于世，不仅违背了当初和亲的宏愿和誓言，还不幸地沦为砝码！求死不得之下过着生不如死的日子。贪得无厌的贼人终于惹怒了她的皇帝侄子。宰相李德裕用他的谋略一举攻破了黠戛斯的牙帐，贼人仓皇逃窜，她终于见到了久违的故乡人。

太和公主暂时住在太原，她的皇帝侄子送来了白貂皮、玉指环，也送来了措辞严厉的诏书："先朝割爱降婚于回纥，应该借婚姻之机，保家国安宁，原以为回纥必能抵御外辱，使大唐边境得以安守。现今回纥的所作所为，乖张违理，甚至一次又一次制造叛乱，姑姑有何面目见高祖、太宗的在天之灵！回纥将要侵犯我边疆的时候，姑姑难道不曾念惜太皇太后过去的慈爱而阻止；作为回纥的国母，姑姑应该能有决断的能力和权力，回纥若不能秉承姑姑的命令，那就应该弃绝这段婚姻！如何又给回纥以口实来要挟父母之国！"

太和公主不敢为自己寻找借口或任何的托辞，事实上，从她被褪去唐装着胡服的那天，她就知道她不可能像金城公主那样完成国家的使命，并且留下许多美好的传说。她没有宁国公主那样国家事重、死且无憾，急风烈雨的性格，所以也不如她能够在面对殉葬之时，划破自己的脸颊来求得生存之机。她也没有崇徽公主那样的幸运，在回纥有早已嫁过去的姐姐，还有当叶护的哥哥和侄女陪伴。除了宁国公主，她们都不是大唐皇帝的亲生女儿。没有强大的父母之国的支持，踏上和亲之路的女子甚至连自己的尊严都难以维护。

3月25日，太和公主回到了生她养她的长安。大唐的子民在夹道欢迎她这个国家之罪人。大唐的子民不单单是因为她的回归而兴奋不已，更多的是，他们觉得从回纥手中夺回了公主，终于吐了一口压抑已久的恶气。

她只是其中的一个象征。

太和公主拜见了太皇太后，在父亲和哥哥的神位面前企求得到宽恕。她一闭上眼睛，就看到哥哥当初送她离开长安的情形。但凡是一个强大的国家，是断然不会送宗室女子和亲。她的哥哥充满了愧疚和无奈。然而，太和公主有负于他，白白将自己的青春葬送在漫天的黄沙中。

太和公主褪去刚穿上不久的大唐公主服，跪在永顺门前请罪。她的皇帝侄子最终原谅了她，并封她为定安大长公主。她的那些养尊处优的皇室姐妹，她们总是投来鄙夷的眼神。她们嘲笑她一女嫁三夫的不伦，责怪她不仅未能完成使命，还引狼入室！

虽然皇帝侄子减少她们食俸来惩罚未曾迎接她归来并探访的罪责。然而，她又有什么权力去为自己辩解呢？禁花半老曾攀树，宫女多非旧识人。小时攀爬过的树木已参天，宫中容颜已换，有许多都是陌生的面孔。她变得沉默寡言、深居简出。唯有在宫中迎来日出，送去日落，一天天没有目标地活着。看惯了那些生离死别，经历过那样不堪的岁月，她对生活已经别无他求。能够老死于家里，在她心里没有比这个更值得宽慰的了。

从中原到西土，在这条漫漫的和亲之路上，留下了多少汉族女子的身不由己的眼泪。在语言和文化迥异的环境中，她们要克服多少心里的障碍才能稍微快乐地活着。她们周旋于两国之间，又要用她们的智慧化解多少难题。两国安宁之时，她们是功臣，两国交恶之时，她们是罪臣，甚至常常成为被杀的对象。

皇帝舍不得送自己的亲生女儿去完成那样的使命，所以他们常常过继养女送去和亲。金城公主如是，文成公主如是，作为皇帝妹妹的太和公主在大唐走向没落之时被送到回纥，本身就意味着大唐已作别了盛世。

她们是和亲祭台上的牺牲，然而神灵未必享用。

从痴儿到帝王——李忱·百丈山

大雄真迹枕危峦，梵宇层楼耸万般。日月每从肩上过，山河长在掌中看。

仙峰不间三春秀，灵境何时六月寒。更有上方人罕到，暮中朝磬碧云端。

人总想有着超越自己的力量，永生就是人类一直寻找的渴望。

武宗没有办法抗拒丹药的诱惑，面容憔悴、形容枯槁，却一度认为自己将要得道成仙。宫里的侍女谣传皇帝似乎性情怪异、精神失常。朝臣入殿奏事，都是匆匆来匆匆去。王才人知道皇帝大限将尽，自己恐怕也要随之香消玉殒。一个不被朝臣正眼看待的歌妓能进入大明宫，随侍帝王，也算是此生无憾了！

尽管在道士赵归真的怂恿下，他改名为李炎，以“炎”补缺火的命格，然而还是敌不过剧毒攻心。终于在王才人凄怨的歌声中合上了双目。

三十六岁的李忱登上帝位，他望着满朝文武，却感到十分孤单。他知道，一旦重振朝纲，这里面的那些重臣大部分都是自己的敌人。已将皇权玩弄于股掌的朝臣和阉党以为又下了一步好棋，谁知道机关算尽太聪明，反误了卿卿性命。

在大明宫宪宗的皇子皇孙中，据说有一个痴儿。他的母亲郑氏成为皇帝妃子的时候，已经是梅开二度。郑氏原是镇海军节度使的小妾，后夫君叛变遭满门抄斩，郑氏竟然得以幸存，并被送入宫中，充任皇后的婢女。因貌美温娴而被宪宗选为妃子。苦的郑氏，在宫中低调得仿佛尘埃，孩子从母亲和他人的眼神中读出了卑微。于是，他也卑微，用沉默寡言来表现他的卑微。据说，李忱那时常常在梦境中，看到自己驾驭着飞龙，上天入地，无所不能。他的母亲郑氏每每听到儿子的这些话，都把他拉到角落处、神情严肃地悄悄告诫：千万不可向外人道。这些，也许都是后世之人把皇帝身世神话化的精彩演绎。

一场大病过后，有人说，孩子忽然通体发光，忽然变得才思敏捷。他的哥哥穆宗抚摸着弟弟的背脊，说："这可是我李家的宝贝儿啊！"皇室中的哥哥弟弟侄子侄女，都爱拿他玩笑。他一言不发或者偶尔口出荒诞滑稽之语的做派，总是让大家忍不住引诱他说话，所有人被逗得乐不可支。

没有人知道，他实则外侮内朗。他掩饰得很好，并且深谙魏晋士人的处世之道。以至于本来对他颇有些忌惮的皇帝侄子，都敢放心大胆、毫无戒心地戏称他为"光叔"。

人前可百般掩饰，诗却不会骗人。

经过心灵的东西，就会折射着内在的真实想法。

当相面大师在他的手心写下“百丈”二字之时，他就开始了云游四海、寻求百丈寺的生活。那一年，痴儿李忱十三岁。郑氏用自己在宫廷多年的生活中练就的狠心，把儿子送到远离是非争夺的遥远宫外。夜夜将慈母的想念寄托明月。

在一个寒冷冬日，当李忱将脚伸入百丈寺小和尚端上来的洗脚水时，差点没被烫到。“此地非落脚之地”的想法催促他赶紧拿上包袱走人。百丈禅师夜归寺庙，听闻此事，切下半截冬瓜，命小和尚速速送去，并撂下“聪明人必懂聪明事”的话。李忱显然读懂了“回寺度残冬”的邀约，他终于相信自己与百丈寺的缘分。

从此青灯相伴、课诵嘤嘤，论学论道，游山悟灵，好不自在。他常常站在百丈山顶，在薄雾氤氲中，遥望山水蜿蜒。看日月每天仿似从自己的双肩飞过，观山河微小，就像在自己的手掌间变换身姿。那是他胸中隐藏多年的抱负的写照。

所以，当黄檗禅师看到飞流直下的瀑布之时，发出方外人“千岩万壑不辞劳，远看方知出处高”的出世感慨，李忱却以“溪涧岂能留得住，终归大海作波涛”的入世誓愿回敬。

青山遮不住，毕竟东流去。嗜好丹药的皇帝侄子一朝毙命，他终于有机会做回本来的自己，在他出生后的第三十六个春秋。册封典礼上，李德裕并未因为将痴儿捧上帝位就获得垂青，他的专权傲慢与自视甚高，令李忱在典礼结束之后，对身边的人调侃说：“刚才在我身边的那位就是李德裕啊，他每看我一眼，都令人毛骨悚然。”

一首琵琶曲，江州司马青衫湿。尽管李忱想将白居易调入中央的想法受阻，但李德裕还是推荐了一位叫白敏中的能人给皇帝。这位能人韬光养晦，终于在皇帝陛下的暗示之下，逮住机会将李德裕驱逐出庙堂。李忱平息党争、决断庶务，收复河湟失地、平定吐蕃，他的所作所为，他的卓越气度，令朝廷中那些背后小算盘打得贼响的人，大失所望、大跌眼镜。

严厉的父皇让皇子皇孙们畏惧，他们常常觉得父皇曾被皇叔、皇伯嘲笑的传言，不过是恶意杜撰的玩笑。然而大唐公主的傲慢似乎从太平公主时代就成为一条不成文的惯例。李忱的女儿们也不例外。

万寿公主下嫁新科状元郑颢，却将父皇“勿得轻夫家”的嘱咐抛之脑后，将傲慢的做派进行到底。郑颢的弟弟身患重病，万寿公主竟优哉游哉在慈恩寺戏场中玩乐。皇帝派使臣前往探视，抓了个正着，勃然大怒，“公主的脾气如此这般，难怪士大夫家都不愿与朕结亲！”李忱立即召公主进宫，罚站台阶之下非，直到涕零请罪。

李忱公主们的刁蛮，在坊间历有传闻。永福公主即将下嫁驸马于综，依然我行我素，在和父皇用膳之时，因为一点小事儿，竟火大到将筷子折断。李忱想，这还了得。一个公主这样，两个公主还这样，嫁到士大夫家，岂不坏了我皇家的名声。于是取消婚约，另择其他公主嫁之。公主的任性刁蛮和皇帝的严父用心，在种种欢闹的民间传说中得到一种释放的愉悦。

宫廷中，为皇帝提供娱乐服务，往往比朝臣更容易获得皇帝的青睐。表演滑稽戏的祝汉贞幽默诙谐、出口成章，深得圣宠。得意一旦忘形，就难免祸从口出。一不小心拿朝廷政事诙谐了一把，结果流放他乡。狐假虎威的小人作态，似乎是人性中潜藏的恶。乐工罗程因一手熟练的琵琶技艺备受赏识，然而却用这双弹奏妙乐的手滥杀无辜，最后落得被杖杀的结局。

在李忱心里，伶人就是伶人，不管他如何被恩宠，永远不能改变伶人的身份，宫廷里的弄臣不可与朝廷有任何瓜葛，更不可弄不清楚自己的身份。李忱心中的界限，方寸之间，泾渭分明。

李忱在夜深人静之时，常常想起他可怜早逝的父亲——唐宪宗，那位和他一样渴望重振大唐的皇帝。他一直怀疑兄长穆宗和太后郭氏共同参与了谋杀。那位妇人——名义上的母亲，如今居住在兴庆宫，尽管她曾经得到之前几任皇帝的礼遇，然而，他李忱却不买她的账。他的亲生母亲郑氏曾做过她的侍婢，在被父亲册封为妃之后，竟招致百般讥讽刁难。他难以排遣年复一年累积的怨恨。所以尽管只有几步之遥，他也不会去施行所谓的母子之礼。

兴庆宫常年累月的冰冷，如何比得大明宫内婆娑伴灯明。老来凄凉的郭太后，想以自杀来成全李忱的“不孝”之名，然而却每每被侍女拦住。夜间，终于在宫中暴毙。是李忱对郭太后自杀未遂手段的震怒而动了杀机，抑或是郭太后偷偷选择另一种方式来结束自己？谁也不知道事实真相如何。然而，当朝野上下窃窃私语、议论纷纷之时，她应该觉得自己的死的确完成了那一种“成全”的使命。

当一个皇帝得意于自己多年的事终见成效，太平岁月，垂裳而治，难免就会滋生出向上天再借五百年的想法。难免就会求仙求道，误入迷途而不知返。毕竟一朝成就十年得，谁都不愿在人生最辉煌的时候陨落。

秦始皇如是，唐武宗如是，李忱亦如是。年老力衰的李忱，越来越依赖药物来振奋精神。那些曾经被驱逐出宫的道人，又络绎不绝出入宫闱。性情大变，偶尔清醒之时，他也会想到他那个死于药物的皇帝侄子。然而，肩背发疮，身不由己的苦痛让他很快忘记那些亲眼目睹的事实，甚至动不动就发脾气。

李忱终究还是走了皇帝侄子的老路，死于服食丹药。

这位被后世视为“小太宗”的帝王，有着大刀阔斧、耳目一新的开篇，却再一次演绎了晚唐宫廷内的悲剧结局。他的儿子，那位新即位的懿宗，其昏聩程度连隋炀帝也自愧不如。

四十八年以后，长安城易主。

长安城还是长安城，然而它的主人不再姓李。

东市、西市依然朝夕忙碌，早上炊烟四起，傍晚灯火通明。暮鼓晨钟依旧是人们生活的钟表，然而，新的战争正在看似平静的长安城中酝酿。

垂衣而治的宣宗时期，不过是大唐生命最后的回光返照！

一座皇城的故事——卢照邻·长安古意

长安大道连狭斜，青牛白马七香车。玉辇纵横过主第，金鞭络绎向侯家。龙衔宝盖承朝日，凤吐流苏带晚霞。百丈游丝争绕树，一群娇鸟共啼花。啼花戏蝶千门侧，碧树银台万种色。复道交窗作合欢，双阙连甍垂凤翼。梁家画阁天中起，汉帝金茎云外直。楼前相望不相知，陌上相逢讵相识。借问吹箫向紫烟，曾经学舞度芳年。得成比目何辞死，愿作鸳鸯不羡仙。比目鸳鸯真可羡，双去双来君不见。生憎帐额绣孤鸾，好取门帘帖双燕。双燕双飞绕画梁，罗帏翠被郁金香。片片行云着蝉鬓，纤纤初月上鸦黄。鸦黄粉白车中出，含娇含态情非一。妖童宝马铁连钱，娼妇盘龙金屈膝。御史府中乌夜啼，廷尉门前雀欲栖。隐隐朱城临玉道，遥遥翠幰没金堤。挟弹飞鹰杜陵北，探丸借客渭桥西。俱邀侠客芙蓉剑，共宿娼家桃李蹊。娼家日暮紫罗裙，清歌一啭口氛氲。

北堂夜夜人如月，南陌朝朝骑似云。南陌北堂连北里，五剧三条控三市。弱柳青槐拂地垂，佳气红尘暗天起。汉代金吾千骑来，翡翠屠苏鹦鹉杯。罗襦宝带为君解，燕歌赵舞为君开。别有豪华称将相，转日回天不相让。意气由来排灌夫，专权判不容萧相。专权意气本豪雄，青虬紫燕坐春风。自言歌舞长千载，自谓骄奢凌五公。节物风光不相待，桑田碧海须臾改。昔时金阶白玉堂，即今唯见青松在。寂寂寥寥扬子居，年年岁岁一床书。独有南山桂花发，飞来飞去袭人裾。

皇城长安是大唐士子的梦想之地。他们的梦想在这里得到实现，又或许在这里被毁灭。这是一座让他们爱恨交织的城市。当我们今天乘坐着现代化的交通工具在西安游走的时候，你完全无法想象，那只是大唐长安的一部分。

那时，你的脑海中快速呈现一张巨大的版图，你很快就被它完完全全地征服。在这座皇城面前，你会觉得人的生命太过于渺小。连一向骄傲的时间都不得不在它面前放慢脚步。

据说，长安城的大道宽至五十米。坊里像蜘蛛网一样将皇城连成一个整体。明清时期的北京城——多么骄傲的天朝帝国，长安竟然是它的1.4倍那么大。朱雀大街两旁整齐排列着许多的坊和里。坊里之间用高墙阻隔，早开晚闭，有人把守巡逻。装饰华丽的车在皇城中穿梭着，车轮滚滚的声音是城市最具生命力的象征。

车舆所过之处，往往飘溢着香木的味道，华美精致的车舆络绎不绝往来于贵族的府第，伞状的华盖，上有口吐流苏的立凤，下是精雕细琢的龙形支柱，它可以遮挡尘土和烈日阳光。当然，相比使用功能来说，人们更看重它的装饰性。在一个生活考究的时代，或者说在一个地位显得尤为重视的时代，人们倾向于选择那些内外俱能象征主人身份的物品。

车夫挥动着金光闪闪的马鞭，常常在阳光下让人睁不开眼。络绎不绝、忙碌快乐地追逐觥筹交错的生活。初升的朝日与红色的飞霞送走年岁。道路的两旁，空气中飘荡着游丝，那是春日的笔墨。

鸟儿在繁盛的牡丹花前唧唧喳喳，企图赢得它的芳心。蜜蜂和蝴蝶在千家万户的门前追逐嬉戏。绿树成荫，是这座城市最具浪漫春意的点缀。富贵之家的木窗上雕刻着盛开的合花，宫门双阙有着活灵活现的金色凤凰在舞动着身姿。

雕梁画栋的华丽美后掩藏着多少凄丽的故事，那些衣着光鲜的侍女在穿梭忙碌着，因为家宅太过庞大，侍女与侍女有的竟然行同陌路。楼前相望不相知，陌上相逢讵相识？多少红颜在这座城市中慨叹沧桑的岁月？更不要说那些老死于宫中的女子，终身与寂寞相伴。等到白发苍苍之时，只能在萤火虫的陪伴下，向年轻的宫女诉说着自己一辈子的落寞。

她们在年轻的时候，大多都曾勤学苦练有着一技之长，或有着美妙的歌喉，或长袖善舞，雕梁画柱上的飞鸟常常引出许多莫名的感慨，那时，她们最容易想到的，是萧史和弄玉。秦穆公的女儿弄玉有着天仙般的美貌，她的箫声在星夜中就像轻烟，飘向远方，她隐约觉得有人一直在和自己和鸣。果然，梦中那位和箫的少年骑着彩凤而来，他对她说：我叫萧史，住在华山。被你的箫声吸引而来。此后，他们每每相遇在梦中，一吹一和，弄玉竟然不愿从梦中醒来。了解女儿心事的秦穆公，费尽千辛万苦，终于找到了现实中叫做萧史的少年。从此，公主和少年快乐地生活。人们常常听到二人相和的箫声。他们最终离去，乘着龙和凤，一路吹箫离去。

女子们觉得自己如弄玉般拥有各种技艺，也能吹奏美妙的音乐，舞动纤巧的身姿，然而，岁岁年年却等不到自己的萧史。逝去的岁月就像流水，奔流到海不复回，但求残存的余生能像比目鱼那相知的生活，即便要用生命来换得那片刻的放纵与幸福也在所不惜。如果上天能赐予鸳鸯鸟那样双双对对的岁月，即便给她们神仙般的生活，她们也能用不屑的眼神拒绝。得成比目何辞死，愿作鸳鸯不羡仙。那些成双成对的事物无不勾起宫女心中的怨恨。

于是，幻想让她眼前的事物纷纷改变，帐前横幅的孤鸾变为门帘上挂着的双飞燕，翡翠色的被子浸透着郁金香的香味，让人沉醉其中，无法自拔。幻想有时能让人得到片刻的快慰。

长安城女子的妆容在流行中变换着，女子们追逐着各种各样的发式。片片行云着蝉翼，纤纤初月上鸦黄，鸾铃响动来了一辆七香车，浮华子弟迎接女子上了鸾车，等待她们的是欢乐升平的夜色。当看到车上华美衣着的女子的朦胧身影，就知道夜幕已经来了。

长安御史官衙的柏树上停留着无数的乌鸦，掌管刑法的廷尉，门可罗雀。那种权力在手、门庭若市的情形在这里仿佛很难看到。有人说，夜色中的长安是冒险家的世界，这边厢，宫廷内外繁华喧嚣，香车宝马，车水马龙，如果将车舆上装饰的翡翠石放到护城河中，它们可以多到将河堤隐没。那边厢，有挟弹飞鹰的浪荡公子和任侠少年，有手持刀剑的侠客，他们夜以继日地在娼家欢会，他们在这座疯狂的城市疯狂地堕落着。娼家日暮紫罗裙，清歌一啭口氛氲。北堂夜夜人如月，南陌朝朝骑似云。

这是一座被权力欲所充斥的城市。

大明宫内每隔几十年就会发生的那些“大事”，朝堂上的种种明争暗斗，都是这种欲望无限蔓延的结果。文武权臣互相倾轧的那些故事，是坊间最为热闹的话题。汉武帝时那位行事乖张的灌夫，在酒席中为了好友窦婴与田蚡结怨，最终导致灭族的惨剧。曾经权薄云天的萧望之，也不过落得饮鸩的厄运。

权力能给人带来无限的风光，也能霎时将你变得一钱不值，甚至身首异处。权力是这座城市上空仿佛无法消散的一朵乌云，适时地下一场雨来惊醒在其中挣扎，或乐或悲的人们。

这座城市所营造的奢华幻境，让人们在其中醉生梦死而不自知。人们在欲海中跌宕沉沦，他们在用自己的方式努力创造一种永恒。在玄幻的场景中想要制造永恒，这本身就注定是一场悲剧。节物风光不相待，桑田碧海须臾改。昔时金阶白玉堂，即今惟见青松在。时光毫不留情地流逝，桑田能变成碧海，碧海亦能变为桑田，世界不会因为我们的愿望而停留，想要用权力和富贵去追求永恒，无异于痴人说梦。

汉代的大才子扬雄跳楼而死，他身前的生活穷困寂寥，在那种类似隐居的生活中，他枕书为伴。他妙笔生花，写下那些动人的文字，将他的思想铸入文字之中，用他的方式制造了一种永恒。即便是一座城市毁灭，这些文字也不会消失。所以，始皇焚书坑儒，有些文字却靠着口耳相传得以承继。终南山的桂花开放，那是桂花飘香的季节，微风轻轻拂动人们的衣襟，那种洗去铅华的纯粹，才有可能缔造所谓的永恒。

这座城市，在它过去的岁月中，曾经冷眼旁观过多少爱恨交织的故事。当它再度出现在人们面前，大唐曾经的奢华与喧嚣不再是想象中的场景。

那一条条残存的沟渠，是千家万户曾经存在的证明。

第二部分

仕宦沉浮 · 斯人清唱何人和

看上去很美——魏徵·赋西汉

受降临轵道，争长趣鸿门。
驱传渭桥上，观兵细柳屯。
夜宴经柏谷，朝游出杜原。
终藉叔孙礼，方知皇帝尊。

当文学遭遇历史，常令人哑然失笑。

据说宋之问“近乡情更怯，不敢问来人”，并非出于担心从乡亲的口中听到家人不好的消息，而是犯罪之后归家又不敢归家的害怕与犹豫。看起来很美的文学描述，甚至是历史书写，其实未必都能说服我们真实的内心，所谓佳话，有时也是口耳相传的“话”的结果，离真相未必很近。

贞观年间，洛阳宫中。人声鼎沸、歌舞升平。这是一次普通的宫廷宴会。

酒酣耳热之际，唐太宗忽想起曹孟德平定北方与孙权决战前夕，置酒设乐、横槊赋歌——“对酒当歌，人生几何”，“周公吐哺，天下归心”。好不慷慨激昂、壮怀激烈！一时兴致大起，命群臣各就一事赋诗一首。

太宗自称抛砖引玉，脱口即诵：日昃玩百篇，临灯披《五典》。夏康既逸豫，商辛亦流湎。恣情昏主多，克己明君鲜。灭身资累恶，成名由积善。那些身败名裂之人都是惯有恶行、咎由自取，而勤政爱民的君主却能千古青史留名。唐太宗欲效仿先贤，见善思齐，终成明君的自我表白，使朝臣听了，大声叫好，是应景，也是真为大唐有此贤主而踌躇满志！

须臾，座中站出一人，相貌不及中人，此人正是魏徵。“臣不揣浅陋，赋西汉一首！”想那西汉初年几位帝王，既崇武功，又重文治。刘邦既有灭秦之功，又肯接受臣子的建议，可马背得天下，不可治天下，那是何等心领神会。于是，任用叔孙通等人，推行礼制，君君臣臣父父子子，朝堂上不再乱哄哄你方唱罢我登场，那才奠定了西汉盛世的基业。

李世民是何等聪明！

古老的先秦时代，人们就善用诗歌来隐射心志。赋诗，有时更是两国谈判不可或缺的外交手段。所谓明刀易躲，暗剑难防！战场上的厮杀，在冷兵器时代，大多是拼血拼力。可是公开场合你来我往的赋诗，却是学识、智慧，临场应变能力的暗暗角力！应对“露怯”或“不当”，就会沦为笑柄！

李世民当然知道魏徵赋诗背后的用心。表面是叹西汉文武双治

的历史，重点却是指出自己《赋尚书》一诗中，对“迁善即为明君”的理解太过浅薄，非要补上一句，任用儒臣推行礼治才是真正的明君。世民了然于心，在场众臣岂有不明，世民对众臣之明又岂有不明！

在聪明人面前，遮掩含混不若开门见山，于是，他面带微笑地说：“这是要借西汉叔孙通辅佐刘邦制作礼乐之事来劝谏啊！魏徵每次说话，都要以礼来约束我！实乃朕之股肱良臣！”世民知道，在那一刻他必须这样说，并且不能表露出任何一丝一毫的不快！

李世民常常为自己礼遇魏徵而感动。

有时他也分不清楚，自己究竟是出于情势不得不善待一位极谏之臣，还是出自内心真实的尊重。他只知道，每当他最终纳谏并一次次原谅魏徵触犯龙颜之时，他都觉得自己就是离一位值得后世称颂圣明的君主不远了。

贞观十七年，63岁的魏徵染病在床。李世民亲下诏书问安，自我反省，不见数日，已有过失，并拨出自己建殿的木材为魏徵修筑宅院，派遣中使李安俨守候在魏家，随时向他禀报病况。魏徵的临终遗言，此生别无他愿，但求国家长治久安。感动之下，世民赐婚小女儿横山公主与魏徵的儿子叔玉，然而魏徵未及儿子成婚便与世长辞。世民罢朝五日，亲自为其写下碑文。亲临吊唁，失声痛哭：“夫以铜为镜，可以正衣冠；以古为镜，可以知兴替；以人为镜，可以明得失。朕常有此三镜，可以避免许多的过错。今魏徵离朕而去，朕痛失一面良镜！”

史书中的记录在情感方面，虽然难免有添油加醋的成分，却也让后人看到了一位君主对于贤臣的深情眷念。

世民在魏徵病后的言行举止，缔造了一段君臣遇合的佳话。

作为一位先后效忠不同的主人并前后跳槽六次的人，魏徵在同僚之间并非有着绝好的名声。这位出身贫寒、孤儿之身长大的蜀地孩子，曾为了生计出入于道观，虽落魄至此，却颇有大志。乱世投身起义军，正是奋力博得个人功业的表现。他做过起义军的文书，又曾得李密的赏识，他当过窦建德的中书舍人，窦兵败后又跻身东宫太子洗马。无一例外，都是旧主溃败再投奔新主。有人说这是“有奶就是娘”的行为，魏徵解释，新主旧主于我都是浮云，苍生百姓的福祉才是我毕生的追求。

高尚是高尚者的通行证，但内里有几分为人、几分为己，也许连魏徵也未必拎得清。也许他那样说，既是为了堵住悠悠众口，也是为了获得自我平衡，让自己心安理得地走下去，好比世民反复称颂魏徵的好也是同出此理。

太子李建成一直对除掉威胁他地位的老二心存顾虑，魏徵曾多次劝他尽早除掉世民。然而，建成终究错失良机。玄武门之变，李渊二子惨烈收场，世民成为最后的赢家。当他面对这位在他面前丝毫不掩饰自己过去曾力主建成杀他的魏徵，他既为他的忠主与率直备感惊异，又盘算着利用他展开新一轮的计划。擒贼固然先擒王，然而余党的势力并不会因为首领的败落而瞬间瓦崩。走上不归之路的赌徒没有什么可以忌怕。他们对新主要怎样处置自己有上百种的设想，不进则退，他们蠢蠢欲动。世民意识到处置东宫和齐王府的余党仅靠杀戮只能浪费财力、后患不断。这位一向言行特异的东宫余党——山东庶族魏徵进入了他的视野。世民要借魏徵之力扶持新兴的山东势力以削弱山东旧有强大的士族力量，巩固以李唐为主的关陇集团的地位。

魏徵当然看出世民的用心所在，他愿意充当世民希望他扮演的角色，同时他也懂得借助世民赋予他的权力，有意识保护山东精英的既得利益，谏议大夫的职位使他可以用劝谏的方式来达到自己的目的。

所以，当李世民兴冲冲提及要到泰山行封禅之典——那是盛世天子向上天汇报功绩的最高典礼，所需之庞大的财力、物力无一不是国力雄厚之证明。魏徵却以苍茫千里、人烟断绝，道路萧条、进退艰阻、劳民伤财为由，极力反对。

那暴露了魏徵抵抗关陇集团、保护山东的意图。

毕竟泰山封禅，所劳役者即为山东子民。

魏徵总是能找出一堆让世民无可辩驳的理由来劝谏。

一心在意自己明君形象的世民，只能一忍再忍。春日享田猎之乐，连普通王孙都能享受的待遇，这个乡巴佬竟然以禽兽哺育时节不宜狩猎拦在世民车队前坚持不同意出行。

世民曾经得到一只绝好的鹞鹰，置于肩上逗乐把玩，远远望见魏徵走来，赶紧藏匿于怀中。谁想到魏徵奏事时间过长，鹞鹰竟被捂死。虽然有时他也怒不可遏，甚至歇斯底里地向长孙皇后咆哮：“我要杀了这个乡巴佬！”但他其实也明白，这个乡巴佬有时说的那些冠冕堂皇的话，又确实颇有道理！

长孙皇后这位类似希拉里的政治女性，她敏锐的洞察力和稳健周全的处世方式，使她总是不失时机地帮助丈夫渡过心理上的重重障碍。

世民即便恨得牙痒痒，也绝不在公开场合发作。上有所好，下必盛焉。贞观七年，县丞皇甫德参上书，言世民修建洛阳宫，劳民伤财，地租收取过重。世民大怒，一个小小的县丞竟然对朝政胡乱诽谤。

魏徵上谏说："自古以来，臣子上书如果不言辞激烈，哪里能引起君王的注意呢！狂夫之言，您应该择善而从。陛下您最近不爱听那些直言，不如过去那样开明豁达了！"皇甫德参最终被世民提升为监察御史。

君臣之间的拉锯战，电光火石、火花四射，一次次交锋，一阵阵冷汗。

然而，到底是识大体的君王，世民即便能识破魏徵背后的别有用心，但还是能做到虚心纳谏！到底是精明在内、直言在外，虽别有用心却无太多私心的臣子，魏徵言事，往往确能击中要害。长孙皇后对此看得十分清楚，她曾对世民说过"君明臣直"的话。

君臣双方的拉锯战，只要有一方猛出狠劲，就可能立即鱼死网破。这种紧张而制衡的效果，如果不是世民，如果不是魏徵，都不可能完成。

魏徵离世，一段君臣佳话，似乎可以圆满收场。

世民成全了魏徵诤臣的美名，魏徵成全了世民圣君的荣誉。

然而，令所有人震惊的是，不久，横山公主与魏徵儿子的婚事被废除，世民亲手毁掉手书的魏徵碑文。

魏徵所荐宰相非人，或犯过，或叛乱，有人说魏徵生前结党营私。更要命的是，魏徵曾经把自己上书给世民的谏议文章拿给史官阅览，也就是说，这些包含了指责世民过失的内容将被书之国史、传之后世！

经历了玄武门兄弟相残、使父亲李渊让位诸多事变的世民，晚年极为重视自己名声、关心国史记录，这对于他而言，真是——是可忍，孰不可忍！

世民毁掉魏徵碑文的刹那，他未必不知道有人在背后悄声议论，人走茶凉，秋后算账！然而，他还是要那样做，他必须要那样做。

一种背叛和屈辱的感觉已经在世民心中爆棚："想你魏徵生前，即便多次犯颜，即便多次在众臣面前不留半点情面，你毫不掩饰给予冰霜，朕却报之以低声下气的纳谏。那是朕怜惜你是难得的敢说真话的臣子。然而，你如何对朕！你将谏书给史官阅览，是想要让朕的那些恩怨是非公诸于众，还是显示你魏徵有令朕难堪的本领，显示你魏徵可凌驾于君王之上，乃千古一臣！朕戎马一生、苦心经营，为国事殚精竭虑，为大唐基业忍辱庙堂，朕自问担得起、受得住这明君之名，如今你魏徵竟暗地里企图毁掉这一切！你不该触碰朕的底线！瞧瞧你给朕推荐的那些宰相！他们都做了什么！你践踏了朕的那份怜惜，践踏了朕对你残存的信任！你竟如此明目张胆地骗取，却无半点惭色！讽刺，太过于讽刺！"

也许是史官有意识地隐讳，他们在书写这段历史的时候，将佳话放大再放大，时间如浪淘沙，洗去了那些沉重的部分，剩下的，只是温暖与美好，这是人们习惯性地选择记忆！人们在许多时候，只记得君臣相遇、如沐春风，忘记了那段令魏徵家族蒙羞的历史。

大唐以后那些在风云变幻中走上政坛的朝臣，他们常常借着怀念这段佳话，旁敲侧击提醒君主——您应该做太宗那样尊重臣子的皇帝。

李隆基看透了这一点，所以当他看到记录这段事实的史书稿文，生气到极点！这不单单是将圣主太宗皇帝的过往曝露，更可怕的是，这段往事为臣子制约皇权提供了口实。过了许多年，史官的外孙将修改过的文稿公诸于众，这是让外祖父的遗作流传于世的唯一办法。

于是，那些不堪的事实被隐没，选择性的书写，使佳话成为真正的佳话。一心想重振大唐雄风的唐文宗甚为痴迷，他常常对着书写了这段佳话的屏风，感慨为何自己不能像太宗文皇帝那样，遇到像魏徵那样的忠臣！

口耳相传，直至家喻户晓。不知从何时开始，坊间开始张贴魏徵的画像作为门神。老奶奶煞有介事地告诉孙子：据说啊，很久很久以前，这长安附近的泾河龙王违背上天的旨意，克扣雨水、天下大旱。玉皇大帝判午时三刻斩首，派魏徵大人监斩。龙王惊慌失措，托梦给太宗，希望能阻挠魏徵前去。太宗皇帝当然不答应啰，龙王于是夜夜入梦，使他噩梦不止。太宗皇帝被折磨得够戗！于是啊，魏徵大人派秦琼和尉迟恭将军守在门口，龙王当然就进不去了，于是悄悄从后门溜进去，于是魏徵大人就夜夜守在后门，龙王终于不能扰乱太宗清梦了。终夜守门，那该是怎样辛苦的一件差事啊！太宗皇帝怜惜三位守门辛苦，于是让画师画了三人的像贴在门口，没想到，竟然奏效，龙王再也不敢进宫骚扰太宗啦。

魏徵与世民，诤臣与圣君，从复杂的事实到简单的佳话，从简单的佳话到精炼的神话，看上去真的很美！

那不是历史，那是人们心中世世代代相袭的夙愿！

活着的意义——宋之问·度大庾岭

度岭方辞国，停轺一望家。
魂随南翥鸟，泪尽北枝花。
山雨初含霁，江云欲变霞。
但令归有日，不敢恨长沙。

“人生得意须尽欢，莫使金樽空对月”，诗人李白写下这两句的时候，他的心中一定闪过前辈诗人宋之问。

“话说当年这宋学士出身并不显贵，却为诗技压群雄……”，传说还在长安街艺人口中继续着，无论是从沙漠冒险而来的远客，抑或南海惊涛骇浪中来的商人，都会驻足聆听诗人在人生顶端迎来客死异乡的结局，然后到酒馆中要上一大缸美酒，醉倒在异乡酒店之中。

“朕阅读了诸位献上来的诗作，宋之问的龙门应制之诗，无论

言辞还是文理，都更胜一筹。东方爱卿刚刚得赏的锦衣就让给宋学士吧。”女皇武则天话音刚落，宋之问感觉脸上已燃烧起来，血液就像即将要从心脏蹦出胸腔，“宋大人，恭喜恭喜，真是国家诗人第一啊。”宰相眼含嫉妒、口是心非地祝贺。“一时有幸而已”，宋之问不无骄傲却又故作镇定。

天知道他在捉笔之时，看似是一挥而就，却是自己多年墨水酝酿而成。“洛阳花柳此时浓，山水楼台映几重”，随皇帝车驾出游，已经成为他生活的一个部分。身处权力中央，会让人沾沾自喜，更让他忘记龙卷风中心的粉身碎骨。

“问儿，为人要淡泊，为官要潇洒而不贪恋”，宋令文对自己刚满二十就进士及第的儿子如是说。这位久经沙场的老将，对自己不谙世事的儿子如何在波诡云谲的宦海中，历经浮沉而不至于迷失，担心不已。

“如果没有几分傲骨，为官就是在名利场中来来往往，甚至是一群无耻之徒在公开演戏。当官不是靠诗技压群雄，还另有一套学问。”年轻人心头的功名富贵梦，并未因此而冷水浇心。

现在正是少年得志、策马扬鞭、春风得意之时。“哎，人生就是这样，没有经过翻天覆地，是不知道安稳日子的珍贵。”望着即将到长安赴任的儿子，脸上正洋溢着登科后的欣悦，老人心中的感受岂止五味杂陈。

从此宋之问就像一匹欢腾的马儿，在长安朝中的官场上奔跑，一马平川通向世间的显贵。虽然他来到郊外陆浑别业，会偶尔发现此处正是，桃李正芳馨，山中酒复春，也发现朝廷外会是另外一种生活，“野老不知尧舜力，酣歌一曲太平人”。

可是三十年间，他一直青云直上，才华的光亮照明大唐。他并不能习惯别业的岑寂，“到门外去看看有没有人来访，杜审言他们也没有信件问候？”虽然是为了远离长安官场中的歌舞沸腾和人声嘈杂，避开任务繁重的案牍公文。可是两天没有人来，就觉得仿佛被世人抛弃，失去了生存的价值。

权力能让人产生奴性，就像酒一样，泡久了，身体就会怀念醉欢的神仙感觉。

三十年就这么转瞬过去，毕竟“世间公道唯白发”，武则天也逃不脱年岁逼迫的宿命。物换星移之间，大唐江山继续迎来李姓掌握，一朝天子一朝臣，政治清洗永远都是皇帝换位时的主题。

当宋之问醒来之时，已经来到大庾岭。南北分割就像人生，有时是需要那么截然分明。“大人，欢迎来到驿站，此地是北方大雁的回归线。”此时他想念长安城中的美酒歌舞，举头回望故乡已在云遮雾绕之外，“我行殊未已，何日复归来？”北驿提笔挥毫后，继续前行。从驿站长的眼中他知道，经过此地官员一定不少。“魂随南翥鸟，泪尽北枝花”。他还得继续前行，穿过烟瘴，走过晦气，远离繁华，步入清苦。

此时，他再也不奢求什么皇帝的关怀，能否再回到早已流进骨髓的长安，他无从知晓。于是，在强烈愿望的驱使下，他悄悄潜回洛阳。

“宋之问，你个畜生！枉我当你是朋友，让你躲在我洛阳家中，你却唆使人去告密，难道官位就那么重要？！”张仲之和王同皎弑杀武三思的计划流产了，他被逮捕前，咬牙切齿地痛骂，那是宋之问许多年后都难以摆脱的梦魇。

平生不做亏心事，半夜不怕鬼敲门，鬼敲的，就是那些做了亏心事的人。不再是昔日长安街头意气风发的青年才俊，虽然自己因为告密而被中宗起用，但是看看身后，总能发现拖着一条尾巴，不能剪掉，也不能摇着，只有紧紧夹在双股间，任凭周遭指指点点。

天生我材，换个时机，还是有用的。正月十六日。举国上下沉浸在一片欢腾中。昆明湖边热闹异常。

“圣上阅读了各位大人应制的百多首诗作，最后只剩下沈大人和宋大人的诗作啦！”宦官们将未能选中的诗卷退回。

明媚鲜艳的彩楼下，大唐官员们正在延颈张望，等待诗魁张红挂彩的荣耀。气氛热烈完全没有人注意依然寒气刺骨。

过了一会儿，宦官又拿出一张纸。鸦雀无声，宋之问听到自己的心跳。“是沈大人的诗卷。看来是宋大人还是魁星高照！”宋之问知道人们说这话的时候，一定还在心里暗骂出卖朋友之事。但仍然是故作镇定地说，“承让，承让”。他知道诗歌最后的两句，“不愁明月尽，自有夜珠来”既能应景，也能说事，能够战胜沈佺期、杜审言等高手。

宋之问完全忘记大庾岭上，曾经泪洒北枝花，心头再次雄心满满。直挂云帆济沧海，我辈岂是蓬蒿人。百舸争流中，他正朝着红日驶去。

又一次来到权力的中心，宋之问义无反顾。因为他已经尝到过失去它的冷淡和寂寞，一种无边的失落。他曾创作《明河篇》给武则天，自己虽然是一时诗魁，却不能进入皇帝的参谋团队。北门学士的大门就那么难以撬开，宋之问一直耿耿于怀。官当久了，证明自己能力的标准，就变成看看手中权力有多大。才高八斗也比不过官升一级。

“今天我们几位能够再聚一堂，同为修文馆直学士，就让我们再次干了杯中酒。”杜审言等人已经摇摇晃晃，嘴中更是喋喋不休，背诵着宋之问送行的诗作。“好，就为我们能再次呼吸长安城中的红尘滚滚，共同谈诗论文，干杯。”酒不醉人人自醉，一群诗人也许都是宋之问的心境。庆幸自己能够再次回京，有朋友已经在贬谪途中亡故，人生也许是聚一次就少一次。

人生就是那么悲剧，一觉醒来，天上的太阳，已经又换了一张脸。

宋之问绝没有料到，他在偶然间站错了队。

恍然一梦瑶台客，越州东南一隅。鹫岭高耸入云，据说那是从印度灵鹫山飞来的神峰。寂静的佛殿，宋之问徘徊于殿外。“鹫岭郁岧峣，龙宫锁寂寥”，反复吟诵多遍，竟接续不上。

忽闻一位老和尚的声音：“楼观沧海日，门对浙江潮。”

诗思顿时飞扬——

传说每到秋高气爽的季节，灵隐寺上空中常常飞舞着自月宫桂树上飘落的桂子。那寺庙中冉冉的香火，直达云霄。灵隐寺的山水佛音，能使人忘却忧伤。他攀援藤萝登上高高的塔顶眺望，他随着刳木去追溯甘甜清冽的泉水，他在山间仔细琢磨那些被薄薄的霜寒轻罩的花瓣，他感动于那些在冰冻中绽放的一抹绿色。小时候就欣喜乐见那些奇异景象的宋之问，在眼前的空灵缥缈中洗涤着那些撕裂的伤口。

待入天台路，看余度石桥。“大师，长安不见使人愁”。“施主，潮水一年又一年，来这寺的人却一波又一波啊。”“是啊，宇宙洪荒，我又在其中做些什么。”宋之问还是无法忘记自己的追问。

实际情况远比想象中更为糟糕，李隆基登基后，双鬓斑白的宋之问，踏上流放之途。一程又一程，故乡更远，寂寞更深。“宋大人，本来我们今天都不营业，但是一听是大诗人来到，所以还是赶来为您摆渡。”

“船家，听说你世代摆渡，想没想过到长安看看？”

“想过，不过老了也就无所谓了，孙子倒是成天嚷着当兵，希望能有天到长安谋个一官半职。”

“老人家，那还是让他在家侍奉你们，长安可是吃人的老虎。”

“宋大人，如果让你再次回到长安，你最想做的事情是什么？”

江水茫茫，桨声清脆，“回到自己的别业，烧了官服，不再作诗。

庄子曾经说过，长得怪的树能活一千年，长得笔挺的树却要遭受刀斧。

我希望能在南山中辟块地，种几亩菜和麦子，让儿子给我送终。”

独立船头，江风吹起衣襟。宋之问的心头闪过两只老鸦，站在长安郊外的树杈上，发出黄昏时候不祥的鸣叫。

辗转来到桂州，寄居人下听人差遣。

这都不算什么，关键是他忽然记起，自己曾在大庾岭的诗作。

每逢佳节倍思亲，节日不是为了过，而是为了思念和祝福。少年时陪着母亲在火盆前守岁的情景，变得那么清晰。甚至这样的情景还替换成自己和妻子，正哄着儿子不要睡去，要守着老的一年过去。红红的炭，晶莹剔透，映照着手中的柿子。

“宋大人，新年万福，这是我们给你做的糍粑。穷乡僻壤，没有什么好好款待。”

“惭愧，能得你们收容，让我有三尺屋檐避雨，已经是人生中的万幸，心中只有对你们的感激。”

“长安城中百万家，此时定是挂彩掌灯，歌舞升平喜迎春。”

“是啊，年年此时都有盛大游行，不过想想也是浮云苍狗。”

“要不帮我们题首诗，犬子已经准备好文房。”

“好吧，其实我已经戒绝写诗，不过今天过年，还是献丑了。”

宋之问挥笔而就：乡心新岁切，天畔独潸然。老至居人下，春归在客先。

岭猿同旦暮，江柳共风烟。已似长沙傅，从今又几年。

“不打搅你们了，我去找点酒喝。”

“人之生也柔弱，其死也坚强”，老圣的话，原来是那么具有实践性。

当差人送到酒的时候，宋之问再也没有机会回到故乡了。

三十年间荣华富贵，就在他仰脖饮下特使从长安富丽堂皇的宫殿中带来的酒的刹那，突然看到自己父亲，流着泪告诉自己，“锦衣玉食不足惜，太平长生最可贵”。他叹了口气，如果让自己选择自己的人生，他就出生在农家，从小玩泥巴抓麻雀，而不是舞文弄墨。

只是，人最不能选择的就是自己的一生，人活着是为了什么？其实就是为了活着。人的本质就是活着，除此还能有什么呢？

英雄多寂寥——陈子昂·登幽州台歌

前不见古人，后不见来者。念天地之悠悠，独怆然而涕下。

“孩儿记着，无论何时，人都不能低下高贵的头颅，即使有时可能需要为保全生命而被人按下脖子，心中也不能短了志气。你要知道，为父给你取名子昂的含义。”

陈子昂站在龙山之上，顿时竟有将天地之气纳入胸中的感觉。

“父亲，长安离这里有多远？我想有天到长安城中看看。老师说那儿有雄伟的宫殿，皇帝就坐在大殿的龙椅上，朝廷有很多有才气的大臣。老师说，他们都是才高八斗的文曲星下凡，来到世间为天下苍生谋福祉。”

“好孩子，有志气！到时你就会知道，其实为官之人，也不完全是为百姓着想啊。他们之中，有人为了官帽，蝇营狗苟、溜须拍马、中饱私囊、腐败堕落。你以后有机会为国效力，一定要挺起胸

膛，顶天立地，行端身正。不过，那也得等到你满腹经纶，方能知道天下道理。”

从此，这位陈家公子，勤读苦练，霜风凋叶，雷声撼屋，诵读声声，蚊虫似箭，海棠如梦，仍然诵读声声……十五载，寒来暑往。

当读书声戛然而止之时，他已身背行囊，准备赶赴长安。

当长安城矗立在眼前，风尘仆仆、千里迢迢、翻山越岭之苦顿时消散。

陈子昂感觉自己的梦想正在这座方圆二十里的城池上空盘旋，飞檐碧瓦，栉比鳞次，从现实中走入梦境，又仿似从梦境中突回现实。

书本上的名字总是比真人要光鲜，兴奋拜访，往往只换得冷淡的回应。

梦想照进现实，却仍然赁屋居住，落魄无名，无人问津。

满腹诗书气自华，恨无知音只叹嗟。

“快去看，有人说来了一位老者，携带三国时候蔡邕用过的铜琴，正在朱雀大街旁展示出售，只是价格高得离谱，整整三千，足够在京郊买栋房子。”

牢骚缠肠的陈子昂，快步跟着人们前去，意欲一睹古琴风范。老者沧桑满面，却意欲守住自己的尊严。

“老朽家传，当年蔡伯喈曾用，刻有晋代名人书法，只可惜天有不测风云，列位见笑。”

“老先生有礼，果然是一把好琴，不知要多少才能转让于在下？”

老先生见这位年轻后生，风流倜傥，彬彬有礼，自是心生好感。

“虽然老朽家道中落，但是正所谓宝剑配英雄，看先生风流倜傥，举止非凡，定是能成就一番事业之人，更何况是知音，不是那些附庸风雅的古董收藏家。若是他们来买，老朽定不会让价，但是先生要买，自当少却一千，不知意下如何？千古难得知音赏！”

“谢谢先生，只是身上未能带有足够之阿堵物，不知可否随在下前往银号提取？当然，也烦请各位父老能够一同前往做个见证。”

当陈子昂举止从容，大方潇洒地将两千贯交给老者时，人们开始猜测这个出手阔绰的少年究竟是谁。“各位，在下是来自梓州的陈子昂，略通琴技。明日正午，将在宣德里献丑《广陵散》，恭候各位光临。”

梓州来的陈子昂要展示绝传已久的《广陵散》！此消息就像是狂风席卷整个长安。一石激起千层浪。第二日早上，宣德里的过道，已经拥满了人，而且还有很多人意欲前往，只是再也不能挤进去。达官贵人，红颜佳丽，市井无赖，形形色色的人都在等待主人公的出场。

“谢谢各位赏光”，陈子昂抱着琴缓步上台，人们鸦雀无声。风度翩翩，从容淡定，陈子昂将琴安放好。大家都竖起耳朵，等待他演奏早已失传的音乐。

意料之外的事情发生了！

陈子昂抡起古琴，狠狠地摔在地上。

伴随着古琴碎裂的声音，人们纷纷扼腕叹息。

“真是暴殄天物啊！又一件珍品毁在浪荡子弟手里！”

人群中的责骂声此起彼伏之时，陈子昂却更是语出惊人：“在下虽然也略通音律，但是今日非为给各位弹奏雅音。想我满腹才华，从梓州辗转楚地，然后北上来京，却沦落长安。纵有《阳春》、《白雪》，又能有多少人能欣赏赓和？”

说完，他将自己抄写好的诗卷，散发人们传阅。

听着人们口中的啧啧称叹，看着人们脸上的惊讶赞赏，陈子昂知道自己的琴虽然摔了，但名声已经传遍长安大街小巷。

虽然自己觉得有点哗众取宠，但是为了施展才华，报国利苍生，又何必拘泥。

“梓州才子陈子昂”的名声，从此在大唐帝国播散开来。

他以非常之手段，登上盛唐的舞台。

一招半式，毕竟只能吸引人们短时间的聚光。

花拳绣腿，终抵不住降龙十八掌。

陈子昂相当有自知之明。

二十四岁考中进士，得官麟台正字，不久官升右拾遗。

陈子昂觉得自己正是青云直上无多地，胸中大志一定能够得到施展。

朝廷论议，他从来都是口无遮拦，尽情尽兴地展露才华。

“众位爱卿，朕让讨论徐元庆案到底该如何判，不知是否有结果？”

朝堂之上公卿缙绅聚讼纷纭，一时之间尚难有个定夺。

“陛下，臣复核案卷，认为御史大夫赵师韫被徐元庆害于驿站一案，徐元庆当判死刑。”一言既出，满堂哗然。

“这怎么能行？徐元庆可是孝子，为父报仇，也算天经地义！”

“臣以为徐元庆因为赵师韫任下邽县尉时，处死其父而报父仇，看似是孝子贤孙，国家为表彰孝道，自应嘉奖赦免，以弘扬德治，醇厚民风。但国家长治久安，自不能少了法治政策。徐元庆身为驿官，是为朝廷公干，自是知道朝廷法治。欲报父仇，可检举酷吏，上达天听，可惜他最后采取的是血刃仇家。若朝廷褒扬，以后全国无视朝廷而任意杀仇之事，当是接连不断。所以臣请治徐元庆杀人之罪。然后旌其闾墓，嘉其徽烈，可使天下直道而行。”

陈子昂觉得自己是在为国效劳，肩上有着千斤重担。

帝国基业会因为自己的能言直谏，而国泰民安。

仰天俯地，昂藏七尺。长安城中的生活，总让自己有种幻灭感。

父亲当年的话，再次回响耳边。长安城中何等奢华。

一顿饭够城郊贫民几年的收成，一双碧玉筷也可买几栋普通人家的房子，一辆豪华的马车也够一个县的老百姓总税收。可是那些穷奢极欲的主儿，何曾有过一点反思。

官场黑暗，自然也是国家制度黑暗的映射。

只会想着往上爬，哪里能顾及天下苍生待霖雨。

整日价地跟着上司马屁转，从来就没有好好想过办案做事。

毕竟，政绩不是百姓评价，而是由上司说了算。

体面的附庸风雅者，满口喷出的是污语脏言！

自我标榜道德高尚者，私底下却是偷鸡摸狗！

满大街穿金戴银者，有几个是真正双手挣来！

互相攀比的不是腹中诗书，而是关系和银钱！

一群行尸走肉！自己真难与他们相处。

陈子昂觉得自己卷入这官场，就像是宫中的被阉割的太监，说话的声音都开始缺少阳刚。他开始讨厌自己只会玩弄笔墨，当然更讨厌朝中的官员们，饱食终日无所事事。

要么是聚赌斗狠，要么是嫖妓喝酒，根本就不能为国家作出什么实质的贡献。

“陛下开凿蜀山经雅州道攻击生羌族，这简直是劳民伤财。”这样顶撞武则天的事，自己也开始生厌了。

因为最后往往还是无力回天，自己只是一个小小的文员。甚至还被当成反对武则天的逆党们的京中内应。年华易逝，大志难舒，转眼间自己就从而立过渡到不惑。“男儿何不带吴钩，收取关山五十州。请君暂上凌烟阁，若个书生万户侯！”比起京城的糜烂，他渴望到塞外去挥洒自己残存的热血，并以此来提醒自己是活着的。

“陈大人，此处就是燕昭王所筑黄金台。你看，多么高大巍峨。”

“是啊，站在这高台上的乐毅，当时应该也是意气风发。

左拿帅印，右提战袍，那是多么令人神往啊。”跟随武攸宜转战北地，原本以为能够守卫边疆，可以安邦治国，随军捍卫边疆。

前晚北风凛冽，卷地飞沙，天寒地冻。

普通的士兵因为上司的贪赃，衣着单薄，只能夜中互相枕藉取暖。

站岗放哨的士兵，虽然脸已冻僵，但为了防止敌人持刀偷袭，为了保全自己和兄弟们的性命，仍然要瞭望远方，哪怕是夜中被冻死。

可是不远处的军帐中，却传来长官武攸宜的淫乐之声。

“武王爷，如今战事紧急，为了鼓舞士气，将军可否忍忍，凯旋回京之后，方才享受为欢。战士军前半死生，美人帐下犹歌舞。”

“滚，你是什么东西，敢来对本王指手画脚。此时长安城中百万家，华灯如星，歌声如云，酒香似雾，北里歌舞升平，南街人来熙往，有谁知道这儿正是生死关头？本王自有处分。”他突然有恨不得上去抽他两耳光的冲动。

身为王爷的武帅，并非是雄才伟略，只是好大喜功，纵欲淫乐，不管将士死活的家伙。自己献上的破敌计谋，那厮肯定都没有认真看看。想起当年乐毅站在这高台之下，雄兵十万，铠甲耀日，剑戟如林。

可是自己呢？“前不见古人，后不见来者，念天地之悠悠，独怆然而涕下”。

自古英雄多寂寥，非因雁飞无侣，而是抱负无人赏识。

“陈大人，你也是才华横溢，名满天下，何必受这窝囊气。我

听人说，武王爷对你上书弹劾他治军无方之事，十分痛恨，咬牙切齿说要给你好看。你也是，难道不知当今皇上，就是他姑妈。还上书说他坏话，最后还不是让他知道是你揭发。更何况如今也是胜利凯旋，何言他腐化堕落纵欲淫乱。朝中大臣都是恨不得巴结他，可是你却讽刺说他无德无能。”

“这帮孙子，出身高贵，却低贱如猪狗，自己做了还不敢承认，自己无能还充当英雄。苍天凭什么让他们一生来，就享受荣华富贵，没有什么本事，却只会抢夺他人成绩，视他人为草芥。难道这都是理所应当？圣人不利己，忧济在元元！一腔热血，两鬓衰发。家父病危，弟准备回梓州老家，兄在长安多保重。”

抬头向南，关山重重，山高水长，虎豹豺狼。

但是他知道自己就是梓州龙山上的那株兰草，受不得长安城中的酒肉臭味的熏染。

兰若生春夏，芊蔚何青青。幽独空林色，朱蕤冒紫茎。

迟迟白日晚，袅袅秋风生。岁华尽摇落，芳意竟何成！

可是他这条回家之路，却走向人生的覆灭。

躲开老鹰追击的燕雀，哪知有条毒蛇正候在巢边。

“陈大人，你家这些年所漏掉的税，应该不止这么区区二十万缗吧？”

“段大人，你身为本县县令，自当也知道，这二十万缗，也是我陈家几年的收入了，怎言漏税如此之多？”

“你不要不识抬举，本官早已调查清楚，你家向朝廷隐瞒产业多处。”

“段简，这些都是我家世代积累经营而来。哪像你身为县令，飞扬跋扈，搜刮民财，以为财富一夜就有！你每年向武王爷贿赂之事，朝中也是有人知道。”

“来人，给我打入南监。居然敢辱骂诽谤本官。不要以为你曾在朝廷为官就了不得，如今还不是落魄回乡！”陈子昂知道，自己终将难逃一劫。

他在上书弹劾的时候，就已经预料到会有今天。因为他不仅揭发武家兄弟的贪污无能，还叱责朝廷败絮其里。但是胸中有气不得平，朝廷不能这么日益腐化！牢狱可以关住身体，却不能锁住思想。

四十三年人生，就这么弹指一挥间，仰头观星，他知道，自己气数已尽。“本官也让你死个明白，这酒是武王爷托人带给你的，说是感谢你随军辅佐。”

陈子昂早已为自己写下了一篇寓言，这首寓言，成为一语成谶的证明。

翡翠巢南海，雄雌珠树林。何知美人意，骄爱比黄金。

杀身炎州里，委羽玉堂阴。旖旎光首饰，葳蕤烂锦衾。

岂不在遐远，虞罗忽见寻。多材信为累，叹息此珍禽。

在那遥远的南海，有一种羽毛赤青相杂的翡翠鸟。

它们雌雄相伴，在树如柏、叶为珠的三珠树上盘旋飞翔。

不幸的是，它们精致艳丽的羽毛被美人看上，它们在炎热的南洲被残忍地杀死，被剥下羽毛，送入美人的庭帐，成为她婀娜柔媚的装饰，成为她锦被上的点缀，翡翠鸟难道躲得还不够远么？

即便在天涯海角也无法逃脱被抓捕的命运。不才得享天年，有才必遭杀身。象牙麝香，翡翠鸟，这仿佛是珍禽注定的宿命。

陈子昂端过酒杯，仰头而尽，然后端坐，等待人生的最后时刻。

只是他知道，即使是死，也要有尊严，也要立身端正。

昂藏七尺，不亏天地。

荆轲的赌注——骆宾王·咏蝉

西陆蝉声唱，南冠客思深。不堪玄鬓影，来对白头吟。

露重飞难进，风多响易沉。无人信高洁，谁为表予心？

1991年的凌晨，收音机中传来一位女作家自杀的消息，人们为之震惊！她是三毛，一个流浪者一样的诗人。几千里之外，一位老人被这突如其来的消息吓懵了。他是王洛宾，一个诗人般的流浪者。几天后的某个夜晚，沉沉的暗夜，仿佛不堪重负发出重重的喘息声，他凝视着三毛的画像，写下了流浪者的诗篇：

你曾在橄榄树下等待再等待，我却在遥远的地方徘徊再徘徊。

人生本是一场迷藏的梦，请莫对我责怪。

为把遗憾续回来，我也去等待。

每当月圆时，对着那橄榄树独自膜拜。

你永远不再来，我永远在等待。

等待等待，等待等待，越等待，我心中越爱！

六百七十八年的夜晚，一千多年前的大唐长安。一位诗人坐在暗沉沉的牢房。

他是骆宾王，大唐的侍御史，几天前他的同僚翻出旧账，污蔑他在担任长安主簿的时候，贪污受贿，收受赃款。欲加之罪，何患无辞，欲制把柄，何患难寻，锒铛入狱，亲人痛，仇者快。他白天的辩驳，似乎调查案件者并未为之所动，以至于让他仿佛处于一种失语的状态，只能和沉沉的暗夜打交道。

那些如火光般的星星点点，是萤火虫在监牢中飞舞。它们在寒冷的空气中燃烧着，忙碌地点亮这无边夜色。

骆宾王忽然为眼前这些小东西感动不已，点缀悬珠之网，隐映落星之楼。乍灭乍兴，或聚或散。居无定所，习无常玩。曳影周流，飘光凌乱。如同君子一样，即便处于暗室而不欺，娇翼而凌空，就像深井中燃烧的火把，如明珠般皎洁。“燃烧小小的身影在夜晚，为夜路的旅人照亮方向。短暂的生命努力地发光，让黑暗的世界充满希望”。

监牢中看无可看，宁静得使他的耳朵很难放过任何一点风吹草动。秋天的蝉声，偏偏声声入耳，那是孤独、寂寞和悲伤的代名词。

他想到很多年前的往事，那时他是父亲骄傲的江南灵童。江南，江南，在何方？水声荡漾，空气中总是飘浮着湿湿的味道。

祖父常常拉着自己，在水边任凭湿润浸透进毛孔。

路人的一句玩笑话，竟让他望着水边的白鹅，脱口而出：鹅、鹅、鹅，曲项向天歌。白毛浮绿水，红掌拨清波。那是多么鲜亮的颜色，白色、红色、绿色，那是七岁时的他眼中的世界。

如今，除了黑色的暗夜，一群如火般飞舞的虫子，就只剩下耳边的蝉声。长安，深秋的长安城更深露重，他紧了紧身上薄薄的衣衫，将头缩进衣领，回忆只能让自己变得更加悲哀，他决定什么都不想地沉沉睡去。

隔壁监牢中，鼾声震天，他真的怀疑无知也许有时就是意味着幸福。这里不是江南，更深露重不是那种无比享受的湿润，蝉声飞舞的声音有些缓慢沉闷，也许是被这眼前的露水沉重了翅膀。忽然的一阵凉意，让他可怜起窗外无影可寻的小东西。

据说，一个国家里有着疯泉水，人们都用这水来解渴。终于有一天，几乎所有的人都疯了，除了国王。他们成天笑话国王是疯子，于是国王也喝下这疯泉水。

当你试图去表白自己心迹的时候，你悲哀地发现，你就是那国王，周围的人都是饮了泉水的疯了，你还能向谁表白呢？向谁表白才相信你的高洁呢？

骆宾王倔强的内心，早已选择了缄默！

舞文弄墨的诗人，一篇讨武檄文，让天下大跌眼镜。徐敬业扬州起兵，骆宾王正在此列。朝堂上一片寂静，听得上官婉儿缓缓念道："伪临朝武氏者，人性非和顺，地实寒微。昔充太宗下陈，尝以更衣入侍。洎乎晚节，秽乱春宫。潜隐先帝之私，阴图后庭之嬖。入门见嫉，蛾眉不肯让人；掩袖工谗，狐媚偏能惑主。加以虺

蝎为心，豺狼成性。近狎邪僻，残害忠良。杀姊屠兄，弑君鸩母。神人之所共嫉，天地之所不容。犹复包藏祸心，窥窃神器。君之爱子，幽之于别宫；贼之宗盟，委之以重任，呜呼！……一抔之土未干，六尺之孤何托。……请看今日之域中，竟是谁家之天下！”听完，众臣已不知如何是好！

“哈哈，一抔之土未干，六尺之孤何托。请看今日之域中，竟是谁家之天下！这等绝妙的文笔，出自何人手笔？”婉儿道“是骆宾王所为！”“有如此才华之人，竟未能为朝廷所用，岂非宰相失职！”宰相喏喏。

骆宾王想不明白，为何那些李唐的子孙如此懦弱，将姓李的江山竟然拱手让给姓武的妇人，他和大多数深受儒家熏染的人一样，不能忍受一个妇人掌控的朝局。更何况这个女人并非善类，竟侍奉父子二人，杀姊屠兄。

他不能理解一个在血雨腥风中长大的宫廷女子的立场。

正如朝堂中的许多人不明白为什么他骆宾王竟然要选择这样一条死路！世人其实都如同水中的鱼儿，冷暖自知！

江南水乡是骆宾王心中的痛。骆家塘的小村庄中到处都是与己同姓的族人。他们没事的时候就聚在祖父家唠嗑，细数宗族荣耀的历史。隐者一般的祖父，给了宾王太多的回忆。

当这位小生命降临的时候，祖父和父亲将书房中的典籍翻遍，最后用《周易》中“观国之光，利用宾于王”的宾王作为孩子的名字。在乱世中创立基业，是他们对宾王的期望。

这也许是宿命，骆宾王在乱世中失去了他的踪影。他仿佛是对这个世界厌恶了！当他曾经对这个世界充满希望的时候，世界一次次抛弃了他！他参加科举却名落孙山，他终于出仕长安，却不久就遭到贬谪。他得到李元庆的器重，入幕府中，却被混浊的宦海给吓退。他曾经想要在父亲去世后，孝顺母亲，然而家中却常常徒有四壁而已。他用诗人哀怨的眼神来看世界、看自己的人生，于是更加哀怨。就像他科考失败回家途中映照在江面的夜色。

说到底，还是因为他的性格太过于纯粹。不走寻常路的人也会拥有不会寻常的人生。或者极为富贵，或者极为潦倒。考试前大家习以为常的行卷温卷，骆宾王偏偏不去争取。他相信好的东西是不需要自我推荐的。他对这些世俗中习以为常的行为，总是嗤之以鼻。

大多数的人恨透了这种众人皆醉我独醒的嗤之以鼻，这显得他们很猥琐，尽管心知肚明却从来都伪装包裹得猥琐。

年轻气盛的结果是名落孙山。诗人与官员本就是两种很难叠合的身份！

要做诗人，就要远离现实的官场才能笔姿摇曳，要做官员，就要远离发牢骚的诗篇，那是在尔虞我诈中求生存，容不得半点的开小差。所以有时诗中常常表白的济天下，现实却屡屡碰壁。

边塞，是骆宾王的梦想。

投笔从戎，在沙场上一较高下实在是比不痛不痒的折腾爽快得多！

至少，看得见的血雨腥风会唤醒他身体里沉睡已久的滚烫的血液。

当他看到徐敬业策划起义的蓝图，他觉得自己就像很早以前的荆轲转世。

那种感觉仿佛让自己重新获得了新生，恨不得立即厉兵秣马，冲进大明宫，把武氏撵出朝堂。

此地别燕丹，壮士发冲冠。昔时人已没，今日水犹寒。

水里泛起的寒光，是荡气回肠的壮士一去不复返的离歌。

不在悲痛中爆发，就在悲痛中灭亡，或生或死，生生死死，九死一生，在骆宾王写下檄文的时候，他早就认定了自己的选择，过把瘾就死不算什么，过把瘾还能还李唐江山，这是何等豪迈！

同路人中，有多少是可表白的知心人，骆宾王缘何不知？

这场生死的较量，就像棋盘上的一次赌局。

许多人都下了赌注，在整齐的口号下各怀各念，有的人赌的是权位，有的人赌的是富贵，有的人赌的是性命，有的人赌的是名声。

骆宾王在队伍中呼喊着，他赌的是乱世英雄梦，还政李唐江山。

他曾经在官场中为了生计而被磨平的棱角，再次分明起来。

然而，他输了！

武则天三十万大军征讨徐敬业，那十万起义的兵众并非如骆宾王般的死士，南渡又北战，久战兵疲，终于溃散。徐敬业在逃亡中为部下所杀。

荆轲当年的惨烈往事成为骆宾王今日的预言。

没有人知道骆宾王到哪里去了。在徐敬业四散的队伍中，他竟然就这样消失了。有人说，他毕竟是乱党，文章写得再好也逃不了被杀的命运，有人说，他逃亡他乡，隐姓埋名。有人说，万念俱灰的他投江自尽，与其死于他人之手，不如自己结束生命，还能保存高洁。

谁都不知道他的踪迹。

许多年后，杭州灵隐寺。

这座在丛林中影影绰绰的寺庙，被湿润的空气长年笼罩着，云烟万状。大唐几百年前，印度僧人慧理来到这里，以为此地是仙灵所隐。被朝廷贬谪到江南的宋之问，夜游灵隐寺。

四周一片寂寞宁静，月光如缓缓流动的水。

突发写诗的兴致，“鹫岭郁岧峣，龙宫锁寂寥”，没想到竟卡在这里，反反复复竟难以借续。寺中一位老和尚，正在禅房内打坐，忍不住接语，“楼观沧海日，门对浙江潮”，经和尚一提醒，宋之问思路大开，诗如泉涌，接着老和尚继续吟诵，“桂子月中落，天香云外飘。门萝登塔远，刳木取泉遥。霜薄花更发，冰轻叶未凋。风龄尚遐异，搜对涤烦嚣。待入天台路，看君度石桥。”

次日，宋之问越想越觉得和尚那句甚妙，堪称全诗警句，于是，兴冲冲去寻找老和尚的踪迹，没想到和尚早已离开。

人们传说，那就是骆宾王。

一千多年以后，在三毛的遗像前哭泣的老人，因为敬佩他，给自己改名叫王洛宾。这仿佛冥冥中自有一份缘分。

王洛宾走遍了中国的大西北，记录下那些平民口中的歌声，那些歌声就像草原一样宽广。王洛宾似乎用他的方式还了骆宾王一个

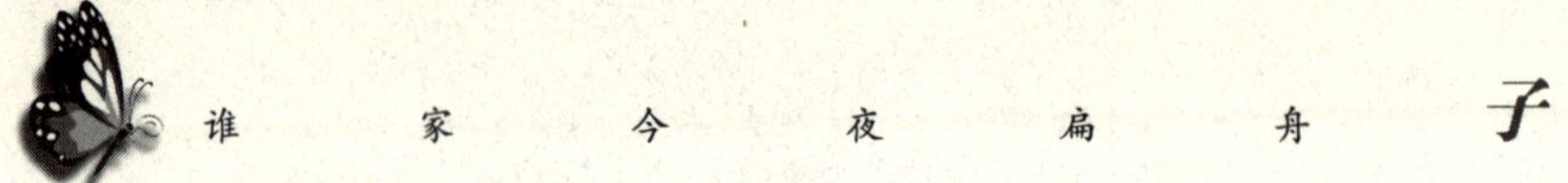

不曾实现的塞外情，骆宾王则许了王洛宾一个乱世英雄梦。

那是一场荆轲式注定悲壮的赌注！

悲情的绮丽——上官仪·奉和秋日即目应制

上苑通平乐，神池迩建章。楼台相掩映，城阙互相望。
缇油泛行幔，箫吹转浮梁。晚云含朔气，斜照荡秋光。
落叶飘蝉影，平流写雁行。槿散凌风缛，荷销裛露香。
仙歌临枍诣，玄豫历长杨。归路乘明月，千门开未央。

遁入佛道之人，未必就有着所谓的宗教信仰。一袭僧衣道袍，未必就拥有出世之心。相反，有的人内里却隐藏着一颗雄心赤胆。那是在乱世中暂时的隐匿。

深山老林，寺观轻烟是最好的藏身之所。待风生水起、风轻云淡之时，他们就会横空入世、闯荡江湖、誓死不渝。

上官仪就是这样的人。

英雄莫问出处，杀猪的、亡命的、筑墙的……何尝不能乘风云际会，演出一出丰功伟绩来！

隋朝末年，扬州大乱。人们已经厌倦了隋炀帝的专权，这位年轻时颇有抱负、励精图治并且政绩非凡，但性格有些刚愎自用的皇帝，整日陶醉在声色之中，关在迷楼中享受自我营造的世界，为那些各怀各念的人有了可乘之机。

左翊卫大将军宇文化及发动叛乱，弑杀了隋炀帝。

据说，萧后和宫人拆下床板临时做了一个简易的棺材，偷偷将其埋葬。

兔死狐悲，物伤其类，身为江都副监的上官弘被宇文化及党羽陈稜所杀。

他的儿子——年幼的上官仪东躲西藏，最终逃离他乡，私度为僧，幸免于难。

春去秋来，光阴转瞬即逝。

贞观年间，天下取士，有才者居之。上官仪蛰伏多年，终于寻到崭露头角的机会。赶赴京城参加科举，竟获取第三甲。世民在曲江宴会上认识了这位年轻才俊，上官仪的才情也在皇帝陛下面前展露无遗。

世民记住了这位相貌端正的年轻人。

上官仪很快成为皇帝的机要秘书。

世民每逢宴会，都会让这位年轻人陪侍左右。

这不仅仅是因为上官仪进退有度，更重要的是，上官仪写得一手好诗，对于世民——这位在未登帝位之前就养士于秦王府，闲时甚喜与士人舞文弄墨的皇帝而言，是极为讨得他欢心的优点。

从此，上官仪出入宫闱，深得圣宠。

世民颇有兴致地作诗一首，上官仪再和诗一首，信手拈来、洋洋洒洒，好诗共欣赏，疑义相与析，君臣唱和尽欢，上官仪独持国政，好不春风志满。

凌晨，上官仪和一众官员正匆匆赶赴上朝。

秋意渐浓，丝丝凉风吹拂着几缕柳条。

东都洛阳的皇城旁是脉脉的流水，月亮的余光映射在波面山，泛动着，如点点星光。连接皇城和外面世界的是洛水上的天津桥，此时，天津桥被高高吊在城门上，守门者等待着开锁放桥的指令。

上官仪和其他官员隔水等候在洛堤上。

这是大唐初年十分固定的帝国时间表。

此情此景，这位才子又动了写诗的念想，于是，即兴吟诵：脉脉广川流，驱马历长洲。鹊飞山月曙，蝉噪野风秋。缓缓诗意，尽是得意与从容。

官员赞道："此乃音韵清亮的好诗啊！望之如神仙！"

你的气魄和内心的细微感受，在诗的气韵中都会为人所捕捉。

望之如神仙，又何尝不是在表达一种对难以企及的圣宠的艳羡。

人生的际遇有时并不是纯粹主观的结果，上官仪的诗文被奉为上官体，人们争相效仿。这未必全然是才华卓绝的证明。

上有所好，下必甚焉。皇帝称好，众人添油加醋地附和，有时也在所难免。

事实上，有些人暗地里可能并不以为然，那些奉制之作，在他们眼中，不过是应酬席上你来我往的恭维，半真半假，更谈不上是真性情，没有真性情的诗篇，就像一个被称为酒仙的人却没有仙家的精气神儿。诗歌中不可承受之轻，就是这样的意思。

李治即位，世民给他的儿子留下了许多辅弼朝政的臣子。上官仪列席于其中。

世民的儿子遵从了父亲的遗愿，重用了这位父亲看重的良臣。

上官仪终于由高级秘书升任国务院总理。这是何等荣耀！

上官仪对那些非议，就那样不以为然了。这是绝对的信心对指指点点的挑战。

一个人，只有对自己有百分之百充分清楚的认识，才能将那些流言中不切实际且难听的话，以轻描淡写的方式略去。

上官仪知道，他的诗文中自有得意之处。

那些清丽的因子，使诗中的华美变得润泽，而非干瘪造作的美。

所以，他常常以自己的诗歌作为例子来教育年幼的孙女，这个聪明灵慧的小女孩是他的宝贝儿。云淡风轻的午后，他和孙女听着蝉声，谈一些小孩子喜欢问的不着边际的话题，小院树叶中间洒下点点阳光，是小孙女一生最美好的记忆。

生活越是感觉美好，越是觉得不真实，越是担心失去。

也许这是人活得太苦太累的证明。

噩梦永远在你无可预料的时候降临。

从宰相到阶下囚，上官仪一家被押赴刑场，即将被斩首。

皇城外传来阵阵喧嚣，李治看了看香炉不远处还放着的上官仪诗卷，心中生出的愧疚令他情不自禁走过去，拿起诗卷，扔到角落处。

他是一个让自己都无法满意的皇帝，虽然他也曾经志得意满。一位英雄盖世的父亲给儿子带来的未必是英雄盖世的基因。反而，父亲的口碑和成就，会给继任其位的儿子带来极其庞大的压力。

李治在辅弼大臣的努力下，到底还是博得了永徽之治的美名。它成为晚唐人们记忆中最值得怀念的部分。虽然不能和父亲的贞观之治相比，却是自有一番成绩让李治骄傲。

皇城中的血雨腥风，塑造了各种各样的女人。在感业寺的武媚想不到自己有一天，竟然可以登上皇后的位置。李治对武媚的喜爱，超过了他自己的想象。所以，他顶着压力一次次与这些先帝留下的辅弼大臣作战，终于让他心爱的女人成为万凰之首。

武媚身上所散发的刚毅果断，经常让李治感到由衷的钦佩。那一刻，他为自己的这份钦佩而感动，他对武媚的那份喜欢让自己相信，自己并非一个整日陶醉于声色犬马的皇帝，而是懂得欣赏女人内在的君王。

令李治始料未及的是，武媚的断政能力得到急速提高，李治将朝政交予这位女人，感到十分放心。于是，武媚私下协助阅读奏章渐渐变为公开的秘密。

上官仪坐不住了。

作为辅弼大臣的责任感以及先帝曾对他的圣恩，让他常常夜不能寐。

朝野内外议论纷纷：武媚参政夺权，皇帝懦弱无能，及先皇差得太远云云。

传到李治耳朵里，心里真不是滋味。这些人偏偏要挑他的软肋！

他开始以局外人的身份来审视武媚的行为，当他在烛火摇曳中看到她审阅奏章的专注神情之时，他开始有点害怕！

他对武媚的喜爱已经无法有足够多的能量来支持他对于流言飞语的承受，他已经没有办法像原来那样，可以将辅弼大臣的话当做耳边风。

所以，当上官仪向他建言废除武媚的皇后之位时，他竟然有些犹豫了。

武媚做事向来不太顾忌所谓常规，引道士入宫行厌胜之术，上官仪和一众大臣抓住这个千载难逢的机会，向皇帝再次建言，废除武媚的皇后之位。

想当初，王皇后并无大的过错，却因行厌胜被废除幽禁，武媚取而代之，今日历史重演，同样废除其位，理所应当。

上官仪的话和扳正人们对自己“懦弱”的指责，以及种种难以言说的忧虑，终于让李治下定决心废后。

上官仪连夜起草废后诏书，他知道这种事情兵贵神速，一旦打草惊蛇就会生出诸多事端，导致计划失败。

他在写下诏书的那些文字之时，心中颇有些激动，以至于扔了好几次草稿。

他认为这是自己为皇帝，包括先帝写下的文字中最精彩的一笔，他将用自己的文字功夫为大唐创立功勋，这功勋丝毫不亚于战争上的厮杀。

许敬宗到底狡猾，这位皇后娘娘的心腹在得到密报后，赶紧禀告了武媚。

一荣俱荣，一损俱损，许敬宗十分明白这个道理。

上官仪没料到，一份被皇帝授权的诏书，又有朝臣支持的废后计划，会被阉割，而阉割者，不是别人，正是皇帝陛下李治。

武媚与李治一番前尘往事，涕泪涟涟，夫妻间把该说的不该说的都说了个遍，李治又犹豫了，担心武媚将来埋怨，于是，信口雌黄，告诉武媚，都是他上官仪教我这么做的。

上官仪由是和武媚结怨。于是，如是这般策划酝酿，抓住上官仪和李忠前太子来往的把柄，一举拿下。

上官仪走上铡刀，想到当初隋炀帝被弑杀，累及父亲，自己四处逃亡，如今伴君多年却还是难逃一死。

想到这里，上官仪忽然觉得有些荒谬，嘴角似笑非笑地动了动。

原来他有话忘记告诉自己的子孙：南山脚下自己曾买了一大片农庄。

他的孙女，经历了痛苦的生离死别，在心中暗暗发誓要为爷爷报仇。

她跟随着母亲郑氏进入内廷，她将武媚的模样深深印刻在自己的脑海中。

然而，这位名叫上官婉儿的姑娘，却在未来的岁月中，和她爷爷当年用才华征服世民一样，她用才华博得了武媚的厚爱，在那个眼光犀利、魄力非凡的女人的培养下，成为掌管宫中制诰的巾帼宰相。

她的怨恨最终被由衷的钦佩取代。

事实上，她不仅在武周朝，在此后的皇帝登基以后，她仍然风头不减，甚至在宫廷政变中成为拉拢的对象。

她如同爷爷当年，有着一手好文笔。

落叶在河面上荡漾，被水完全浸透，薄如蝉翼，盛开的荷花让沾黏的露水都散发着淡雅清香，乘着明月向宫廷走去，重门深锁开未央。

然而，她的命运也像爷爷一样，最终死于非命。

这难道是上官家几代难逃的宿命？

南山脚下世代耕种的农夫，也许从来没有思考过这样的问题。

不能当真的牢骚——韩愈·杂诗

古史散左右，诗书置后前。岂殊蠹书虫，生死文字间。
古道自愚蠢，古言自包缠。当今固殊古，谁与为欣欢。
独携无言子，共升昆仑颠。长风飘襟裾，遂起飞高圆。
下视禹九州，一尘集豪端。遨嬉未云几，下已亿万年。
向者夸夺子，万坟厌其巅。惜哉抱所见，白黑未及分。
慷慨为悲咤，泪如九河翻。指摘相告语，虽还今谁亲。
翩然下大荒，被发骑骐骥。

文人的牢骚有时真的不能当真。

比如他抱怨说要归隐，赶紧远离俗世，有时只不过是为了安慰自己仕进中屡屡受挫、受伤的心。

比如他用最激烈的语言斥责在上者如何如何未能拥有真知灼见，有时也是为了吸引在上者的注意力，夺得机会，然后一展胸中

的抱负。就像孟尝君府上名叫“冯谖”的食客，弹剑而歌，一而再，再而三，胸中自有一番蓝图。

出世或是入世地活着，在他们的心中往往方寸分明。

他们在大多数时候，都十分清楚自己更愿意选择的路。

韩愈是个爱发牢骚的人。诗文成为它发牢骚的媒介。

发完牢骚之后，还是硬着头皮继续自己选择的道路。

别人感到特别有趣的事，他总觉得特别无聊。

当然，有些善于伪装的读书人，是不愿意轻易暴露自己的无聊，他们觉得尤其是在书本面前表现出无聊，那是“肤浅”的自我表白。

对于贞元年间，为应付吏部博学宏词科考试而累夜复习的韩愈来说，他确确实实感受到一种前所未有的无聊。要知道，此前他为了及第，早已几经波折。

初到长安准备应考之时，第一次感到京城何其之大，这是他即将大展宏图之地。他开始努力建立自己的人脉关系，干谒朝臣名士。为此，他写下了许多无聊却煞费脑筋的文字。

大唐士子科考与今天的高考相类似，考得高分不一定能得到一份好工作。

还得经过工作应聘环节的考试。韩愈几经辛苦，好不容易及第，却在吏部释褐环节受挫，迟迟不得官职。原来，学而优未必能仕！

他厌恶地看着书桌上等待他一遍遍温习的古史诗书，更厌恶自己一直孜孜以求，有天要粉墨登场，他觉得自己就像是书中的白色蠹虫，甚至仿佛听到每日嗞嗞的咬书声，如同夏天的蝉鸣，让人十分抓狂。

这些蠹虫，生生世世困在这厚厚的书卷中。这样无聊又烦人的时光不知何时才是尽头？

韩愈难免有些心浮气躁。

三岁丧父，长兄为父，自小随长兄韩会长大。

其后，又随兄贬官至广东，兄离世之后，嫂嫂郑氏把他当成亲生儿子一样抚养。她用她的知书达理给予韩愈极好的启蒙。家徒四壁，对于韩愈而言并不陌生。

据说，韩愈入学那会儿，嫂嫂为了给他取一个雅致的学名，几乎翻遍了家中所有的书，绞尽脑汁而不得好名。“大哥名会，二弟名介，均为人字头。一个是人中之首，一个是耿介直率，三弟你也须找一个人字头的好名。可是一时间竟不知应选择怎样的一个字才得其形又得其意。”

“嫂嫂不必忧心，就用愈字好了。”

“哦，那为何要用此愈字呢？”郑氏问道。

“愈，超越之意也。弟将来誓定要赶超前人，而非庸庸碌碌一生。”

言谈举止，是个性的彰显。少年时代的豪言壮语还是不敌生活的日渐艰辛。

十七岁，他觉得，读书并非求取功名利禄，而是为百姓谋福祉，十九岁，长兄韩会离世，全家捉襟见肘地生活，他必须赶京求仕。那时他才知道，过去的自己太过于幼稚。读书也是为家人的生

活谋福祉，他有责任挣钱养家。

如今好不容易进士及第，却在第二轮选官考试中一再受挫。

人在困顿、无聊的时候就会忍不住怀疑所做事情的价值和意义。

文章本是用来阐发大道的媒介，如今却成了考试的命题作文。

书斋中寻章摘句的可怜虫，对国家大事却漠然置之。即便将来寻得一官半职又能怎样?

上天总是公平地与世间的人们做着一场场交易。韩愈屡败屡战，屡战屡败。为了获得在上者赏识，他又开始写无聊吹捧的文字。

谄媚为韩愈所不能忍受，所以在他的干谒文章中，他要时时表白王公大人和布衣之士的平等关系：布衣之士，身居穷约，不借势于王公大人，则无以成其志。王公大人功业显著，不借誉于布衣之士，则无以广其名，是故布衣之士虽甚贱而不谄，王公大人虽甚贵而不骄。在希望王公大人扶持自己的同时，以此来维护士人最底线的尊严。

在求仕路上已焦头烂额的韩愈，顾不得这许多，所以，很多年后，他为自己写过的这些无聊文字而感到羞愧。毕竟人的成长，总会要经历一些方才知道，虚伪的世界上，到底有什么值得追求。

他的忿忿不平在收到秘书省校书郎崔立之书信时爆发了，崔立之原本是好意，以卞和坚持献玉的故事鼓励他再次参加吏部试。

没想到竟然点燃了韩愈胸中累积的怒火：最初以为那些被选上的人应该是才华高于我，否则我不会一再被拒之门外。然而，事实并非如此。当我看到他们笔下之作时，实在难以恭维！那难道就是所谓“博学”，就是所谓“宏辞”？

在京城的生活已经无法为继。

卢家小姐的真情是他这段时间唯一值得安慰的事情。

从小生长于官家、河南府法曹参军的女儿卢小姐，没有那些小女子的哭哭啼啼和莫名忧郁，她的笑容是乐观和直率的代言。她由衷地喜欢这位暂时住在她家的狂妄分子。他身上的语不惊人死不休的劲儿，总是给她带来别样的感受。

于是，她和他订婚了，结婚了。韩愈感激这位在雪中选择与自己同行的女子。他认为她有着不同于众人的眼光，不是一个俗气的、以周遭的评判为评判的女子。

卢小姐钦佩夫君的才华，也为他仕途淹蹇时而不平，但她也深知夫君太过于张扬、争强好胜的天性，将为他带来无穷无尽的烦恼。所以，她适时地告诫夫君：人求言实，火求心虚，欲成大器，必先退之。韩愈懂得妻子对自己的良苦用心，于是，从那天开始，他有了一个全新的字：退之。

一个人的名和字，往往要相互呼应。愈与退之，一个积极进取，一个内敛谦逊。那是韩愈对自己的期待。他希望在进退之间，有一种更加中和的性格。

然而，事实证明，期待和事实毕竟有着很大的鸿沟。

人越是缺乏什么的时候就越渴望什么，人越是期待什么，就暗示着他越缺乏什么。

十年的辛苦，仕途却丝毫未有所得。

韩愈入幕了，他需要一份工作来养活家人。

这是他目前已经无可推卸的重担。

与他有故的张建封此时正任徐泗濠节度使。

张建封幕府内刻板的管理，让他忍不住絮絮叨叨。

做了自己不想做的工作，懒懒散散、缺乏斗志，前途渺茫，要高兴起来，是多么不容易的事情。

无聊，又是无聊的感受，再次涌上心头。

韩愈偏偏喜欢据理力争、一吐为快。

他如火一般冲动的性格，有时惹来非议，有时也让他自己懊悔。

顺宗朝，宦官把持朝政，“二王八司马”运动企图从宦官手中夺回权力，还政于君主。

韩愈因为个人前途和政见以过于严苛的言语指斥了二王。他的私心也未尝不被世人所知。人们说，这是“二王八司马”失败之后，韩愈急于证明自己立场所写下的激烈言辞。

柳宗元欣赏他的文，却拥有不同的政见。他怀疑柳宗元向政敌暴露自己的非议而遭致了贬官。柳宗元临死之前，托孤给韩愈，这是朋友对自己最高的信任。

韩愈失意时的怨怼，显然没有几百年后的苏东坡潇洒。

“参横斗转欲三更，苦雨终风也解晴。云散月明谁点缀？天容海色本澄清。

空余鲁叟乘桴意，粗识轩辕奏乐声。九死南荒吾不恨，兹游奇绝冠平生。”

北宋时期的党争，苏轼遭贬至海南一带瘴恶之地，这是遇赦之后北归途中写下的诗。勿需辩驳，坚信清者自清；即便是九死一生，也并不怨恨，因为在此过程中，品旁人所未能品，观旁人所未能观，阅旁人所不能阅，察旁人所不能察，这些风风雨雨，把它们当成一次次奇绝的旅程。

苏轼笑看风云，将所有的不幸与不快在心中揉碎，用旷达来使之融化，消于无形。将蜀人消解困顿的乐观和海纳百川的勇气，发挥到自己所能做到的极致！

世上很难有绝对的君子和绝对的小人。

每个人身上几乎都有着君子和小人双重影子。

韩愈深知自己身上小人作祟的部分。

所以，当他被贬至江陵的时候，他曾经十分认真地剖析过：聪明不及于前时，道德日负于初心，其不至于君子而卒为小人也，昭昭矣。

他终于腾出双眼和心灵去感受外在的自然世界。

哪怕是在晚上，他也颇有兴致。

夜色中，红桃被隐没，只见到影影绰绰的白色李花。

它们被春风吹过，被春雨洗过，那层层的雪白如同在波浪中翻滚，令人无尽遐想。君，你是否知道这些雪白的李花像什么？

那是胜过烛火的光亮，点亮了沉沉的暗夜。连雄鸡都一时间分不清楚白天黑夜地狂叫，官吏们以为又要开始工作了，纷纷起床！

不知不觉，已到天光。那金乌从大海的深处冉冉升起，朝阳四射的光亮劈开青霞，顿时眼花缭乱到不可想象。

树木中重重叠叠的色彩，令人惊艳！

韩愈和朋友聊起少年时代的那些时光，那时整日里对花宴乐，好不自在！

虚长年岁，在漂泊的生活中辜负了一年年春光。

每次起心动念想要看花，但每每都想要急匆匆回家。

如今，贬谪又量移至江陵，岁月不饶人，如若再不惜花爱这无边的春色，对酒当歌，人生几何，岂不是白活了一场。

韩愈四十八岁的时候，终于在京城有了自己的宅院。

位于朱雀大街右里正中的位置——靖安里。

那可能是韩愈最得意的日子。

想起自己这么多年的努力，终于使家族有了稳定安乐的生活。

他觉得此前所受的种种不公的待遇全都烟消云散了。

他告诉儿子，始来京城的时候，只是拿着一捆书而已。

三十年后辛苦才换得这样的屋舍。

此屋虽算不上华贵，但对他而言已经十分满足。

足够的宽敞，完全可以举办婚礼、成人礼、祭祀仪式。

开门问谁来，无非卿大夫。不知官高卑，玉带悬金鱼。

凡此座中人，十九持钧枢。来往宅院的人，都是社会名流。

正是在这座宅院中，韩愈迎来了最风光得意的时光。

以李希烈、吴元济为首的叛唐势力，占据蔡州已久，朝廷派裴度与李愬终于平定了叛乱，被日益坐大的藩镇势力弄得局促不堪的皇帝，好不容易扬眉吐气了一回。

环顾朝堂，唯韩愈能担当刻写纪功碑文的重任。

纪功碑文可不是份轻松的活儿，如何在文章中恰如其分、公平客观地概括每个人的功绩，不仅需要对事件本身有洞若观火的能力，还需要含金量极高的写作技巧，多年来在文章中积累起来的经验，使韩愈对此胸有成竹。

他的《平淮西碑》文一出，赞誉蜂拥而至。

大唐，随处可见他撰写的碑文。

正在他十分春风得意的时候，李愬的妻子——宪宗的姑母嫌韩愈贬低了李愬的功绩，她三番五次出入宫闱，在宪宗耳旁吹风，于是，宪宗命人抹去碑文，令段文昌重写。

这对于韩愈而言，无异于奇耻大辱。

韩愈还是没办法改变自己的个性。

这次和他结怨的，不是别人，是皇帝。

皇帝听说在凤翔法门寺的护国真身塔内藏有释迦牟尼佛的指骨，相传三十年一开，开则岁丰人安。崇奉佛道、沉迷于长生梦的宪宗皇帝，派使者迎佛骨至长安大内，京城各佛寺轮流供养。一时之间，京城长安掀起了崇佛热潮，王公士庶，奔走舍施，唯恐在后，据说，百姓有废业破产、烧顶灼臂而求供养者。

一向反佛的韩愈，又写了一篇大手笔的文章，并且向皇帝表明愿意承担毁掉佛骨之后的灾祸。

皇帝怒不可遏，几天之后，韩愈接到了远赴潮州任职的通知。

正月的寒风凛冽，韩愈几乎还未来得及与家人话别，就上路了。

事实上，这次更祸及家人，家眷亦须离开京城。

在路途中，他生病的小女儿不堪劳累困苦而死去。

一篇谏书早上呈奉给皇帝，晚上就被贬至遥远的潮州。

自己一心想要为圣明除弊事，所以不吝惜残生，肝脑涂地，云横秦岭家何在？纷飞的大雪，使前行的道路如此艰难。

也许此生就将老死于瘴江水边。

悲观绝望的韩愈没有想到一年半以后，他能重回长安。

又过了三年，韩愈病故于靖安旧宅。

有的人为他的直言与文章而钦佩不已，有的人说，他身上小人的一面十分明显。故人已乘黄鹤去，留得纷扰身后名。

君子抑或小人，对于一个人而言，岂是绝对的判断。又有谁敢对天发誓，未曾心存一丝恶念。

人们幻想着按照自己的意愿生活，常常感慨人在江湖、身不由己的无奈，不过是假想罢了。如果真的有神灯让你实现所有的愿望，那就不能称其为美梦了。儒家传统精神所讲求的内敛与克制其实极具智慧。随心所欲带来的不仅仅是空虚，有时更导致幻灭！所以神灯只能用三次、武艺高强之人也有死穴。

醉卧花间非本意——温庭筠·醉歌

檐柳初黄燕新乳，晓碧芊绵过微雨。树色深含台榭情，
莺声巧作烟花主。锦袍公子陈杯觞，拨醅百瓮春酒香。
入门下马问谁在，降阶握手登华堂。临邛美人连山眉，
低抱琵琶含怨思。朔风绕指我先笑，明月入怀君自知。
劝君莫惜金樽酒，年少须臾如覆手。辛勤到老慕箪瓢，
于我悠悠竟何有。洛阳卢仝称文房，妻子脚秃舂黄粮。
阿耋光颜不识字，指麾豪俊如驱羊。天犀压断朱鼹鼠，
瑞锦惊飞金凤凰。其余岂足沾牙齿，欲用何能报天子。
驽马垂头抢暝尘，骅骝一日行千里。但有沉冥醉客家，
支颐瞪目持流霞。唯恐南国风雨落，碧芜狼藉棠梨花。

初春的长安，微雨蒙蒙，绿意如烟。

兴庆坊高门大宅内，觥筹交错，丝竹声声。

来自临邛的美人低抱着琵琶，眉间笼有万种哀思。

四目相对的刹那，又仿佛要传递出温柔的情意。

温庭筠端起手中的酒杯，主人说，那是前隋遗物，光洁如玉、薄如蝉翼。

“有此等灵物买醉，不知是它的不幸，还是我的不幸。”

劝君莫惜金樽酒，年少须臾如覆手。

莫要等到碧芜花狼藉之时才叹息将春光辜负！

一饮而尽，明日复明日，明日又何其多？

醉饮之后的疼痛仍然提醒着不变的现实。

拔剑击柱心茫然。

十一岁的庄恪太子永死了。那曾经是文宗皇帝钟爱的儿子。

据说，杨贤妃为了将李溶捧上帝位，在皇帝面前指出太子的种种不端行为，宫廷与朝廷中的派系斗争的结果是太子暴毙。史书中的“暴毙”往往蕴涵着无尽的深意，真实的历史往往在“暴毙”的宣称中被隐没。最后只剩下不辨真假的流言飞语。

温庭筠是这场流言飞语的牺牲者。

太子永“宴游败度”让曾经宠爱他的父皇失望透顶，所以一并惩处了那些败坏太子名声的侍从。

南遁，似乎是温庭筠唯一的选择。

吴中松江，太湖之滨，是温庭筠的出生之地。

然而，再见江南之时，已非昨日之景。

家世的荣耀与显赫，在温庭筠的理解中和财富无关。先祖温彦博囚禁于突厥阴山苦寒之地，问及唐兵多少、国内虚实，不肯吐露半字。

当温庭筠望着苏武庙中的神像，神游于苏武出使匈奴的壁画，写下“云边雁断胡天月，陇上羊归塞草烟”，“茂陵不见封侯印，空向秋波哭逝川”的诗句，那种苦寒之中的坚守，那种归来之后的沧桑与物是人非，令他无法不为他的先祖感到骄傲与悲壮，无法不感到浩然正气满怀。

每当那时，他的胸中就涌动出重振先祖家业的雄心壮志。

那是他们温家在初唐年间写下的佳话。

原本以为随太子游，自会有番作为。戛然而止的剧情，不单单是毁掉了太子，更是给他冠以游手好闲、不务正业的恶名。

然而，这一切仅仅是开始。

杜陵野老困顿于浣花溪畔，友人助其资。

青青翠竹是落难之时的友情见证。

即便茅屋偶为秋风所破，亦不乏稚子敲针作钓钩的平淡浪漫。

诗文才华在那个崇尚诗文的时代，总能赢得尊重。

温庭筠客游江淮，扬子留后姚勖厚遗之。虽然人们常常讥讽金钱和财物的俗不可耐，可是它们有时却是表达喜爱对方的媒介。

当姚勖听闻温庭筠的大部分钱财都消耗于狭邪青楼，觉得有一种被欺骗和羞辱的感觉，怒不可遏的他鞭笞了这位诗人并逐出自己家门。

这段旅游淮上的往事，成为他内心永远的痛。

当他试图想为自己辩解之时，又觉得那是十分荒谬的行为，仿佛是另一种方式的自认。做了就做了，爱了就爱了，实在是说无可说、辩无可辩。

温庭筠怎么也没有想到这些往事，竟然会成为他一生仕途的绊脚石。

整整七年时间，科考四次均不第，这在长安城一度成为大家的谈资。

总是备受考官、座主的赞誉，却总是屡败屡战、屡战屡败。

考前行卷温卷，是大唐士子的常态。

精选自己最为满意的杰作，在考试前呈奉给考官，这种自我直接地表白与抒情，若为考官赏识，就离成功更近了。

温庭筠在第三次科考之时，终于忍不住要一泄心中的怨忿。

他给考官裴休写的信中，表白了自己所遭受的不公平待遇。

忘情积恶、当权者以承意中伤，射血有冤，叫天无路。

直视孤危，横相陵阻，绝飞驰之路，塞饮啄之涂。

读之甚悲，然而，依旧不第。

许多人猜测这和相国令狐绹有关。

诗人的率性狂放，有时难免会祸从口出、遭致嫉恨。

据说，令狐绹曾让温庭筠代填《菩萨蛮》，

然而温庭筠并未遵守不对外宣扬的诺言，

并且以“中书堂里坐将军”讥讽令狐绹无学。

皇帝赋诗求对，令狐绹不明典故的含义，又遭到温庭筠“相国燮理之暇也应读读古书”鄙夷的劝告。

一旦为当权者所嫉恨，那么“声名狼藉”就成为万能的把柄。

科举如是，仕途如是。

温庭筠旅游淮上被姚勖鞭笞之事在士林中的舆论，同样也是主考官不得不反复斟酌的问题。

真假似乎在此时变得并不十分重要，重要的是处理事件会造成怎样的结果。

当然，许多的事实在经过无数次涂抹之后，也会真相俱无。

就像长安城的芸芸众生、普通民众，他们只能在舆论中去接受那些真真假假的信息。他们只知道，一个喜好狭邪、喜好与风尘女子交往，一个笔下流动的都是温温软软的艳丽诗篇，一个被当朝相国批评品行不端，又曾被舅氏鞭笞的人，温庭筠、温钟馗、温八叉的士行尘杂，还有什么可以去质疑？

于是，流言俨然成为真实，俨然成为温庭筠身上抹不去的烙印。

赏识自己的徐商，被排挤外调，无枝可依，遂由江陵东归，混迹淮南。

61岁的温庭筠愈加看破世俗人生，如果说十年前时还曾为所谓前途郁郁寡欢，那么此时的他似乎已经变得不那么在乎了。

所以，即便是令狐绹镇守淮南，他也从不拜谒。

哪怕若干年前他们也颇有私交。

月黑风高。统治者认为在这时阴谋与犯罪最易被滋生。

于是，唐朝施行宵禁，入夜之后除特殊身份的人员，不得在大街上走动。

已年届63岁的温庭筠酒醉之后，犯夜不归。

争执中被巡逻的士兵抽打耳光，牙齿折断。

忿忿不平之下，他向此时的淮南节度使令狐绹申诉，而士兵却历数温庭筠狭邪劣迹，令狐绹并未惩处无礼的士兵。

很快，传至京师，又沦为一次笑柄。

原本是奇耻大辱应为人所同情，怎料却再次被人嘲笑行为不检。

以至于他不得不再次游走于京城公卿之间道明原委。

温庭筠最后一次成为舆论的焦点是在国子监。

那是唐代的大学，他以助教身份主国子监试。

曾经科考失意的他坚持以文判等后。

在考生中精选三十篇佳作榜示，他相信公众的监督能杜绝因人取士。

他的率性与耿介，他一心崇尚的公正不阿，不仅得罪了那些企图凭家族势力一登龙门的士子，——在他们看来，这原本就是注重出身门第的大唐的潜规则，更得罪了居庙堂之高的朝臣。

那些得到榜示的针砭时弊的考生大作，无异于在民众中制造了一起轰动的新闻事件。他们坐不住了。

一年之后，温庭筠被贬至方城尉，不久离世。

“矛盾”似乎是温庭筠的一生都在书写的词语。他的词作秾艳温香，而他却壮志满怀。他常常书写闺中女子——

小山重叠金明灭，鬓云欲度香腮雪。

相忆久，眉浅淡烟如柳。

花里暗相招，忆君肠欲断。

黄莺不语东风起，深闭朱门伴舞腰。

正是玉人肠绝处，一渠春水赤栏桥。

凤帐鸳被徒熏，寂寞花锁千门。

杨柳又如丝，驿桥春雨时。画楼音讯断，芳草江南岸。

梧桐树，三更雨，不道离情正苦。

一叶叶，一声声，空阶滴到明。

——写尽离愁别绪，写尽惆怅相思。

——写尽寂寞无奈，写尽孤独怜惜。

然而，在这所有的“写尽”背后，却往往言在此而意在彼，醉翁之意往往并不在酒。他用敏锐善感的玲珑心，用闺中女子的万种情愫来替代内心的呓语，借助痴男怨女来宣泄潜藏在内心的抑郁。

所以，即便他写尽了情色却并不猥琐。

他桀骜不驯同时又多愁善感，他在史书中被称为“薄行无检幅”，然而在那些香艳的词作中却充满了尊重。

他被封为花间词的鼻祖，事实却是醉卧花间非本意。

温庭筠曾途经建安七子陈琳之墓。

一个青史留名，一个书剑飘零，临风发思古之幽情，倍感惆怅。

愁杀平原年少，回首挥泪千行。鹦鹉才高却累身。

人所钦慕的才华，对于才华的主人而言，有时却是痛苦和负累，是不能承受的生命之重。

第三部分
骚客才子·天若有情天亦老

饥饿的诗人——杜甫·茅屋为秋风所破歌

八月秋高风怒号，卷我屋上三重茅。茅飞渡江洒江郊，高者挂罥长林梢，下者飘转沉塘坳。南村群童欺我老无力，忍能对面为盗贼。公然抱茅入竹去，唇焦口燥呼不得，归来倚杖自叹息。俄顷风定云墨色，秋天漠漠向昏黑。布衾多年冷似铁，娇儿恶卧踏里裂。床头屋漏无干处，雨脚如麻未断绝。自经丧乱少睡眠，长夜沾湿何由彻。安得广厦千万间，大庇天下寒士俱欢颜，风雨不动安如山。呜呼！何时眼前突兀见此屋，吾庐独破受冻死亦足！

他是中国的亨德尔，而他则是中国的巴赫。

他出身碎叶，有着西域的血统，他则出身书香之家，有着与生俱来的忧患。

他曾出入宫廷，传说高力士曾为他脱靴，而他则最高只做到检校工部员外郎，掌闲职一枚。

他们是李白和杜甫。他们是盛唐时代的两位诗坛巨人。

他们之间的微妙关系，在九百年后的欧洲得以惊奇再现。

巴赫穷酸而卑微，亨德尔则出身显贵，他们都是巴洛克时代音乐的领军。

巴赫一生崇慕亨德尔，三次拜访其家，因各种缘由却终不得见。

杜甫一生崇慕李白，数十次赠诗予李白，却未曾换得对方几首。

饥饿，是杜甫的梦魇，如影随行。

他没有想到自己的生命也会因为一场饥饿而终结。

大历五年，一千四百年前，久经漂泊的杜甫为避乱入衡州。

游岳庙，为暴水所阻，旬日不得食，欲投奔郴州舅氏。

途经耒阳，久闻杜甫诗名的县令得知大喜，亲自棹舟迎接，以牛肉白酒款待。大快朵颐之后，杜甫竟哽咽致死。

这位热情的县令忽略了诗人十多天未曾进食、肠胃不堪重负的事实。

诗人与暴食而死，两件似乎风马牛不相及之事却发生了联系，难免会遭致后世冷血之人的讥讽和成为人们茶余饭后的谈资。

然而，在这之后，许多人又常常生出些悲天悯人的情绪，甚至，一种巨大的悲剧感，油然而生。

成都，浣花溪畔。简陋的茅屋，稀疏竹林、桃树掩映，那是诗人自筑的栖身之所，号曰“草堂”。

历史仿佛是一篇篇寓言，那个同住在溪边的普通妇女黄四娘，因为家门口独独的姹紫嫣红、莺飞蝶舞，而有幸被历史记住。

五六百年之后，有好事者说，那根本就不是什么普通的妇人，而是青楼女子。所谓“黄四娘家花满蹊，千朵万朵压枝低”，也不过是诗人对风流韵事的隐喻。

也许是杜甫在草堂的生活，在人们的印象中太过于幸福，因此在那种强烈的相信之下，人们愿意制造些花边新闻来满足他们的想象。

李隆基正式登上帝位的那一年，杜甫出世了，人们更愿意称他为子美。他带着来自祖父杜审言和宗亲杜牧的诗人血统，降生于河南巩县。

非凡的经历是滋养诗篇最好的养料。

各式各样的街头民间艺人的表演，是对开元盛世最好的诠释。

他记得，在六岁那年，父亲曾带他到郾城观看公孙大娘舞《剑器浑脱》，浏漓顿挫，独出冠时，“观者如山色沮丧，天地为之久低昂”，剑光凛厉，仿似后羿射落九日，舞姿矫健，好像天神驾龙飞翔，起舞之时，势气如雷霆，收舞之时，平静似江海波光。

当子美在白帝城看到李十二娘高超舞艺之时，时光已过去了五十年。

他从一个肥马轻裘的游侠少年，变成了四处漂泊、生活困顿的瘦老汉。

五十年间似反掌，梨园子弟散如烟。瞿塘峡白帝城已是秋草萧瑟。

时光，有的时候未必是馈赠，而是一杯穿肠的毒酒。

他勾起那些尘封的往事，却让你无所触及，在无边的想念和无尽的感慨中等待死亡。

放荡齐赵，裘马清狂。

当32岁的杜甫在洛阳遇到崇慕已久的李白，——这个大自己十一岁的兄长。

他们之间所能创造的传奇，远远超乎他那时的想象。

他羡慕李白狂放恣意的性格，那种无所畏惧的解嘲功夫。

他知道李白身上印刻着那个自己心中想做却无法做到的自我，他以“醉眠秋共被，携手日同行”的诗句，来缅怀那段无法忘却的时光。

人世间有一些情感，用“友情”远不足以概括，它甚至超越了最为亲密的男女之情。

饥饿总会来临，尤其对于科场屡屡失意却已而立之年，并且还身处乱世的人来说。为官的父亲去世，彻底断了家庭的经济来源。卖药都市，寄情友朋，残杯冷炙，处处提醒着他悲辛的现实。

天宝十二年，连连的雨灾，京城中那些投机取巧的商人，使米价一翻再翻，家中的米缸早已空空如也。

听说，朝廷出太仓米十万石，减价卖予穷人。他就立即拿着米袋，兴冲冲赶往西市。穿着粗布短衣，挤在贫民中，领取官方派发的米粮，那时，他，已经41岁。没有谁注意到，或者愿意相信，那位贫民中白色鬓丝在风中飘荡的人，就是杜甫。

杜甫有时觉得，他的人生就像一出戏剧。

老天似乎刻意让这位用诗来记录生活的人，承受更多的苦难和波折，以便于为盛唐留下更多的记忆。

梦碎天宝，当李隆基带着他的爱妃逃亡蜀地，在那一群群的流民之中，有杜甫一家的身影。举家逃亡，终于在只身赴延州之时，为叛军抓获，押回长安。

长安已非昨日之长安。杜甫悄悄徘徊在曲江畔，无声地哭泣。曲江昔日的繁华和笑语成为人们的回忆。江岸边的宫殿，千门紧闭，江岸边的细柳和新蒲，如今为谁带来绿意！开元年间，皇帝命人修筑了从大明宫到曲江芙蓉苑的道路，他常常和皇妃、公主到此游览驻足，那南苑中的万物仿佛都变得熠熠生辉。那昭阳殿中的第一美人，同辇随君侍君侧。宫中的女官们身穿戎装，佩带弓箭，骑着白马——它们套着用黄金制成的嚼口笼头，英姿飒爽地狩猎，翻身向天上射去，双飞的鸟儿顿时坠落。

昔日明眸皓齿的美人，早已消逝，马嵬坡的那场风波，她与皇帝阴阳相隔，如今长安已沦陷，即便变成孤魂野鬼，也无法再回归到这里。清澈的渭水东流，皇帝所在的剑阁太过于遥远，去往彼此无消息！

在致君尧舜上的信念之下，他冒死投奔新皇帝在凤翔的行在。

在左拾遗任上不顾忌烧身之祸而营救房琯。

毕竟是书生意气！

宰相房琯空有文墨而无用兵之计，以书生意气采用所谓春秋时代战争之法而导致唐军大败，杜甫则以书生意气为房琯求情，遭致贬官！

官场和文坛毕竟是两码事，诗文一流者，空有慷慨陈词，而未必有治国之才。

也许杜甫在这一系列的变故中领悟到这一点，他发现自己根本不适合为官；又或者杜甫看透了官场是非背后种种委曲求全、左右为难，又或者他预见到在华州参军这个官位上，很难再有所作为，又或者，他忽然想到自由放荡的老友李白，忽然想换一种活法。

所以，即便他预见到没有俸禄的未来又将过上节衣缩食的生活，预见到饥饿的梦魇又将再次降临，他也愿意舍弃官位来换取年届花白的幸福。

当八月的秋风吹过浣花溪畔的那座茅屋，杜甫已经50岁。

茅草乱飞，一群小童抱着就跑，任他怎么追喊都没用。

天空中乌云压顶，秋天的夜晚就这样来临。使用多年的被衾又冷又硬，屋顶不停渗水，连床头都湿湿润润。那些滴滴答答的声音，让人异常烦闷。

虽然，有朋友的救济，然而毕竟不能事事烦扰。

儿子早已瘦得皮包骨，拉着自己的衣襟，闹着多吃一碗饭。

他却毫无办法，一种强烈的失败感让他倍感无力。

当然，这比起在甘肃赴蜀的路上，在山间捡橡栗、挖黄独的块茎来充饥，一家人饿得倚壁呻吟，已经是好太多了。同因房琯事件贬至成都任职的严武，向他发出友善的信号，并引他进入自己的幕府，于是有了杜工部的美名。

田舍清江、柴门古道，当杜甫写下“自笑狂夫老更狂”的诗句时，他似乎十分确信那种饥寒交迫的生活渐行渐远。

于是，背起行囊，像少年游侠般行走在东蜀山川。

这一年，李隆基老死于宫廷西苑，李白病死于安徽当涂。

不是爱花即欲死，只恐花尽老相催。浣花溪生活在短短六年之后就宣告结束。严武故去，蜀中大乱，告别田园，再次踏上浪迹征途。只是，杜甫没有想到，这一次的告别却是永别。

曾是梨园乐工的李龟年，在暮春时节的江南，与杜甫相逢。那是落花时节，空气中飘荡着饱含沧桑的游丝，仿佛在诉说着盛唐的哀歌。

几个月后，杜甫也离世了。

杜甫在死去的时刻，也许魂灵曾飘回过那个为秋风所破的茅屋。那里，有“老妻画纸为棋局，稚子敲针作钓钩”的田园温馨，有“但有故人供禄米，微躯此外更何求”对雪中送炭的感恩，有“安得广厦千万间，大庇天下寒士俱欢颜”的热辣辣的理想，有“漫卷诗书喜欲狂，青春作伴好还乡”的归途之梦，那里有太多值得他灵魂皈依的原因。

他因饥饿而死，也因饥饿记录了那些惹人辛酸的时刻。

在那一刻，我们才恍然，原来，他不是一个从来都大义凛然、视死如归的爱国者，他只是一个普通人，一个普通到为饥饿而痛苦的人。那一刻，诗人看似离我们很远，实际却近在咫尺、触手可及。

饥饿成就了他，也还给我们一个普通人最真实故事。

浮名换杜康——李白·将进酒

君不见，黄河之水天上来，奔流到海不复回。君不见，高堂明镜悲白发，朝如青丝暮成雪。人生得意须尽欢，莫使金樽空对月。天生我材必有用，千金散尽还复来。烹羊宰牛且为乐，会须一饮三百杯。岑夫子，丹邱生，将进酒，杯莫停。与君歌一曲，请君为我侧耳听：钟鼓馔玉不足贵，但愿长醉不愿醒。古来圣贤皆寂寞，惟有饮者留其名。陈王昔时宴平乐，斗酒十千恣欢谑。主人何为言少钱，径须沽取对君酌。五花马，千金裘，呼儿将出换美酒，与尔共销万古愁！

这世界上，有两件事物，最令人着迷：一是明艳的花朵，一是醇香的美酒。

对男人而言，介于两者之间的是美人。

前者让人看到年命有限，韶华易逝；后者则能让人逃逸这种恐惧，在迷醉中获得一种永恒。

所以这世界上，还有一种愁，是亘古不变，如天地一样久远。

诗中最有酒意的人，当然最能明白那种酒中徜徉的快意。

李白是那样的人。

自从儿时父亲用筷子让他品尝酒之初味之后，李白，终其一生，似乎都未曾清醒！更为准确地说，就形成了种根深蒂固的酒瘾。

在很长一段时间内，人们一想起他，就仿佛酒香扑鼻。

这种通感的效果，再无他人能比。

隔了十来年，长安城中，大街小巷，人们还在谈论当年李太白。醉眼眯瞪，摇摇晃晃，坐上前来抬他进宫的步辇中，仍然高呼，让前来的官员再喝两杯，“一杯一杯复一杯”。

城中前来看热闹的人们，觉得场面十分滑稽。那天，仿佛是受到他的蛊惑，长安城酒肆中的酒，被一饮而光！人们突然醒悟，原来酒才是人生的乐趣所在。酒香弥漫，如大雾笼罩。白云朵朵，千载悠悠。

长安城，像一只大盆子，在酒海上飘忽，无数仙女，穿着霓裳，酡颜蛮腰，演奏着缥缈虚无的音乐。

人们也还记得，天宝二载三载，每到重要节假日，官员们放假。

李白和一群官员，前往城中各大酒肆。

那位身材高瘦，腰挂宝剑，说话声音洪亮之人，就是他。他来到长安时，人们就知道，大唐有个著名诗人，写作的诗篇，流行于帝国各处。甚至长安酒肆中，也常常听人唱起他在金陵所写的诗句，风吹柳花满店香，吴姬压酒劝客尝。

年老的知章，和李白等人打成一片，常常在喝醉的时候，捋着白胡子，拍着李白的肩头，称兄道弟，以仙人相许。酒的最大魅力，是赋予人们平等和放松。因为，谁都会醉，醉了就可以海阔天空。

即使醒来会发现，与自己共饮的人，原来比一只猴子还要陌生。

月轮在天，浩气充盈，宇宙静谧。

李白在每次喝酒之时，常常让月光投到杯中，感觉就像是捕获了月璧。

仰脖张口吞下，感觉心肺被洗透，从而变得纯洁。

峨眉山上的月亮似乎与京城长安天上所挂，并无多大区别。

他一生就再也没有回过故乡，虽然外婆如核桃的脸庞，总会在不经意间，闯进远方游子的梦域。

李白喜欢望月，尤其是在手拿酒杯的时候。“你对月如此痴迷，也算是月痴一个。何不问问她？”对于喝了酒的人，天地没有边界，世界没有理由。李白举杯来到庭院，凝视天际，眼眸就像黑夜中的猫，散发着通透晶莹剔透。“青天有月来几时？我今停杯一问之。人攀明月不可得，月行却与人相随。”原来，伴随人一生的不仅是朋友和亲人，还有很多美妙事物，当然也有很多忧患。甚至，这些事物，总会比亲朋更为亲昵，有的会一刻也不离开你。

在座的人们，不管是达官贵人，还是潦倒文人，都侧耳倾听，由诗句带领，仰头张望。天地玄黄，时间刹那停顿。“古人今人若

流水，共看明月皆如此。唯愿当歌对酒时，月光长照金樽里”。隔壁孩子尿床的哭声，幽幽传来。人们再次举杯，心中不再有月，只有被月光穿透的清酒。

李白其实也想到过，自己可能只是一位红尘神仙，根本不适合在有围墙的长安居住，更不适合在禁宫中去上下班。

他或许正是东山的一只小鹿，矫健轻灵地穿越在林间。

他醉醺醺被抬着去进宫见李隆基的时候，乜斜中看到红色宫墙外的白云，正在天空飘移。也许是向他暗示，他只是天空偶然飞来的云朵，喜欢随风飞翔。当他听到自己，被赐予金牌，准许游历天下，心头虽然有点失望，因为还有一些志向没有完全实现，却看到了秦淮河荡漾着的灯影桨声，闻到了江南田野莲叶沁人心脾的清香和红艳。

诗人就应该是诗人，由他去体验权贵们不能体验的生命细微，由他去写作文盲们不能抒发的中心郁结。李白似乎在这点上想不明白，“我志在删述，垂辉在千春”。

但是他知道，这世界上还有比当官时侍候皇帝更为有趣的事。

道一声谢谢，再假意说说保重，于是就踏出宫门。

宫门外有鲜花摇曳春风，有美酒飘香洗烦愁，有美人清歌动人怜。

摇曳春风的不是柳条，是明媚春光。

“李白斗酒诗百篇，长安市上酒家眠。天子呼来不上船，自言臣是酒中仙。”

老杜似乎还是李白的知音，一直都想跟李白碰杯畅饮。

其实，想喝酒的快感，有时比真喝酒的时候要令人骨头酥软。

所以他也曾加入李白等人在长安的酒局。

于是，老杜也拍马出了长安，到山东去见李白。

到达之时，正是月明星稀，李白正在和几位江湖客，把酒言欢。

白晃晃的刀，热乎乎的酒，香喷喷的桃花。

旁边灯光朦胧，一位歌姬唱歌，嗓子清越。

伴着曲调，一位舞姬，拿着琵琶，跳着西域传来的舞蹈。

“杜甫老弟，收到来书，知你前来，特别为洗尘。”

杜甫坐下。嗖嗖嗖，面前就被放上三只海碗。

店小二的手法娴熟，迅雷不及掩耳，抡起酒坛，注满醇酒。

酒就是水，入口绵软，却能让人的豪气陡增，让拳头硬朗起来。

就在当晚，平时文弱的杜甫，居然也拿起刀，学着李白的样子，将邻县城南的恶霸，吓得尿湿了裤子。很多年后，他都能回忆起那晚的欢畅。

“余亦东蒙客，怜君如兄弟。醉眠秋共被，携手日同行。”

李白与杜甫分手时，告诉他，“醒时同交欢，醉后各分散。永结无情游，相期邈云汉。”然后就头也不回地前行，一去就是很多年。

相忘于江湖，也许才是真正的友谊。

告别一个十多年来一直互相联系的朋友，心中本来就痛苦，更何况他知道自己的这位小老弟，是个执著的人，生来就是一个操心命，不像李白能够发现花朵易凋谢，美人易衰老。唯一不变，是酒能醉人。人生总有欲望，醒来之后，却发现，臭皮囊居然需要搬动，你走哪，都得扛着。哪怕是累得气喘吁吁，甚至不想动的时候，也得带着他。只是醉酒的李白，脚步并不那么有规律。

一时江南，一时河北，一时山西，一时山东。只要有酒，有花，有美人，天下其实都是一样：九州共明月，亿万饮薄酒。

有时，酒中之仙，不能面对醒来的寥落，跌落红尘，发现自己的翅膀，并非完全是天使。尤其是当他某天醒来，突然发现，镜中的人，双鬓斑白，皱纹深深。方才想起，人生秋天已到，枝头却没有几个果子，虽然这些果子，都是挂在秋风中，为他人所注视。

离开长安已经二十年了，李白突然发现，自己居然想起那两年的时光。“狂风吹我心，西挂咸阳树”。幸好还有几个朋友，此时还挂牵着自己，不致让人生图景，看起来是一味的衰草连天。朋友岑勋相邀，说是“登岭宴碧霄”，然席间“对酒忽思我”。

拍马前往，景色遗忘。人生相见不言欢，只把掌中握杯酒。

天地广阔，人只是其中的旅人，最终还是会不存在；历史悠久，人只是其中的过客，终会被抛弃在幽暗。活一百年的人，与庄子所言只争朝夕的蜉蝣，又何尝有所区别。反而是他们自己唯一能够看见的时光，都希望永远停止不前。“君不见黄河之水天上来，奔流到海不复回。君不见高堂明镜悲白发，朝如青丝暮成雪。”

李白见到很久没有联系的朋友，第一句话，陡峻而又险要。“岑夫子，丹丘生，将进酒，杯莫停。”是啊，“龟蛇腾雾，终为土灰”，一代枭雄曹孟德，早已不知是什么样儿了。“人生得意须尽欢，莫使金樽空对月。”短短一生，有什么能比欢乐重要呢？

为了减少主人的经济担忧，李白拍着桌子，让将自己的马儿拉出卖掉。其实有了这一顿，主人宁愿明天就饿死，前提是最好能今晚醉死。正是如此，李白觉得自己突然充实起来，酒中日月长，自己何尝没有享受最为美妙和永恒的欢乐。“五花马，千金裘，呼儿将出换美酒，与尔同销万古愁！”

院子中的花朵凋落，滴在酒杯。

从那以后，李白似乎已经洞达，人生就是杯，没有酒却不能称为酒杯。

天命不可违，人生有的是欢乐，何必去要那些汲汲功名！

汉代扬雄，也可谓一代文豪，从四川千里迢迢来到长安，献上辞赋博得万世名。从此，就不能自拔，呕心沥血，伤肝劳神从事著述。到了晚年，还不是被逼跳楼自尽！

可是，咸阳春天那些公子哥儿，有些根本就是腹中无点墨，也没有想到要名重天下，更没有想到万古长青之芳名。唯一能想到的，就是携带美酒，拥着丽人，骑着白马，似乎就是天地的主人。

于是，李白一头扎进金陵，在那儿流连忘返。因为他发现，喝酒的时候，还可看到自己心仪很久的娇媚。“葡萄酒，金叵罗，吴姬十五细马驮。”十五岁的少女，正像早晨带着露珠的花朵，朦胧而又有生机。

“青黛画眉红锦靴，道字不正娇唱歌。玳瑁筵中怀里醉，芙蓉帐底奈君何。”那位叫段七娘的女人，李白初见时的形象是，“玉面耶溪女，青娥红粉妆。一双金齿屐，两足白如霜。”关键是，她还是一位善解人意的酒中女妖精。“罗袜凌波生网尘，那能得计访情亲。千杯绿酒何辞醉，一面红妆恼杀人。”李白愿意，终日有这样的酒妖陪伴。“金陵城东谁家子，窃听琴声碧窗里。落花一片天上来，随人直渡西江水。楚歌吴语娇不成，似能未能最有情。谢公正要东山妓，携手林泉处处行。”男人当然喜欢仙子，但是却更能感受到妖精的魅惑。

李白停下脚步，放下身上所有的钱财，为女人花钱，男人往往有一种虚荣，就像喝酒一样忘情。楚襄王见到巫山云女之时，肯定已经是五十岁后。当一个男人喜欢上少女的时候，那么他已经看到秋天的红叶，正占据自己的眼眶。

至于后来的故事，还是一波三折。世上的事，永远就是那样，总不会是一马平川。安禄山之乱，作为名人的李白，自是号召各方力量的一种力量。他被迫参加永王幕僚，虽然能够悄悄离开，最终却被流放。

好不容易回到金陵，发现段七娘，早已随着商人，远嫁他方。没有了酒妖，酒中的滋味，又变得纯正起来。虽然宗氏还在河南写信来，但是他发现自己只能与酒为伴，再也回不到曾经的爱恋。站在采石矶旁，遥望长空，几十年中未能发现，今晚的月亮，仍然跳入自己的酒杯，跳入眼前的江水。像肤如凝脂的少女，洁白如玉，活泼乖巧，笑盈盈地，在云间、酒杯和江水中不断穿越跳跃。原来自己的酒杯，是如此的宽广和透明。

只是，他想抓住那位调皮的少女，然后就在惶惶然然中，飘向月宫，看到外婆讲述的故事中的吴刚和嫦娥。坠入冰冷的河水，从此陨落！

有人说他是诗仙，其实不是，他是酒仙。

酒中之仙，成就诗中之仙的美名！

所以，人们又谣传说，李白是在当涂酒馆中醉死的。

酒乡沉睡，销去万古愁！

不如相忘于江湖——白居易·长相思

九月西风兴，月冷霜华凝。思君秋夜长，一夜魂九升。
二月东风来，草拆花心开。思君春日迟，一日肠九回。
妾住洛桥北，君住洛桥南。十五即相识，今年二十三。
有如女萝草，生在松之侧。蔓短枝苦高，萦回上不得。
人言人有愿，愿至天必成。愿作远方兽，步步比肩行。
愿作深山木，枝枝连理生。

人与人之间，最美丽的关系是思念。

泉水渐渐干涸，两条鱼儿互相吐沫以维持彼此的生命。

庄子告诉它们：相濡以沫，不如相忘于江湖。

与其生不如死地相互慰藉，不如两忘烟水里，抛却情感的负累，游走在各自所属的世界。

智慧是一种牺牲。它往往要靠超越平常情感的方式来获取。

白居易深知，他此生也许都无法获得这一种相忘的智慧。

于他而言，在很长的一段时间内，那不是牺牲的悲壮，是割舍的痛楚。

那位在年少时装疯卖傻的“光叔”，却别有雄心潜藏在胸的李忱，在三十六岁登上帝位之时，对那首胡儿都能诵读的《琵琶曲》恋恋不忘。别有忧愁暗恨生，江州司马青衫湿。因着琵琶诗、琵琶曲，他想起了居江湖之远的白乐天。

他竭力说服宰相请白居易回朝任职。然而，此时七十多岁高龄的白居易，正以平静的心迎接兜率天宫和极乐净土的召唤。

正月出生的季节，使白家长子连呼吸都带着春天的气息。

当他十六岁的时候看到一岁一枯荣的衰草，原本是悲秋时节，他却偏要在生命的轮回中找寻春天的和煦。野火烧不尽，春风吹又生。他那时觉得生命中无所谓能，无所谓不能，只要想着想着，许多美好就会成为现实。

这也是从小目睹的母亲的坚韧所给予他的印象。

老夫少妻，似乎给了乐天良好的基因。他曾向好朋友元稹炫耀自己儿时早慧的事迹。在丈夫离世后，承受了家庭重责的母亲，将未来家族的寄望都托付于乐天和弟弟行简。

苦难中磨砺出的强大，使母亲对待儿子的婚姻不作丝毫的让步。

也许，那位叫湘灵的女子，在偶然的机缘下，曾读到长恨歌。

当她看到“在天愿作比翼鸟，在地愿为连理枝。天长地久有时尽，此恨绵绵无绝期”的诗句，未必不心领神会、黯然神伤。

符离，这是曾经醉梦又碎梦的地方。

十五岁的她初见十九岁的乐天，就被这位脑中不断闪现新奇古怪念头的少年所吸引。他的内心仿似在如梭日月中飞快驰骋，他喜欢风，喜欢风的变幻与轻快。他则被她的一颦一笑所牵绊，如同白日婀娜的嫦娥、旱地里盛开的夏莲，为那份纯粹的美丽而惊叹。

符离的山水见证了他们的情愫。他们恣意挥霍青春时节执手相看不倦的爱恋，完全来不及去担忧未来。只有在离别到来之际才恍然。

几年后，白居易的父亲带着他赴襄阳。

母亲从孩子呆滞忧郁的眼神中看出了端倪。

从柔声细语的劝说到声色俱厉的责骂，她不知道爱情竟让她自小聪慧的孩子变得如此固执、不明事理。每当她看到孩子手拿双箸心茫然，她就十分忧心——为情感所牵绊的孩子终将辜负老天给予的天资。

门当户对，不是母亲对孩子的专制，那是她多年的阅历和生活所赋予的选择智慧。承担着家族使命的孩子怎能随意决定自己的终身？

白居易到底是孝顺的，母亲讲的道理，他当然明白。

尽管他渴望一种如风般自由不羁的生活，然而面对每况愈下的家庭状况，他不得不考虑自己所应担当的责任。他那时才真切地感到一个人有时并非为自己而活的宿命。不得哭，潜别离；不得语，暗相思。不得却不得不的苦痛，让他在离别之时不忍再见湘灵的容颜。他承受不起那样的折磨。

河水在岁月的洗练中，总有清澈之日，少年满头的乌丝总会变成稀疏的白发，只有这份潜离与暗别，彼此甘心无后期。

八年的恋情就此诀别。

白居易一次次登高远望，尽管他知道，其实除了茫茫一片异乡的山河，什么都看不到。遥知别后西楼上，应凭栏杆独自愁。他只是想，以秋水望穿的努力来怜惜远方同样将秋水望穿的恋人。

寒冷的月夜，湘灵“夜半衾裯冷，孤眠懒未能”，泪水凝固成颗颗晶莹剔透的冰晶。家人已睡，烛火映寒窗，夜已深沉，湘灵想必不愿将烛火熄灭，那窗户上的倩影是对寂寞可怜的抚慰。

于是，他也让烛火流泪至天明，这是他唯一能为她做的。

有时，他也把自己想象成湘灵，他想用诗篇告诉她，她对他的情意，不需要更多的语言来描述，他全都明白并且深藏于内心最柔软的地方，无人能碰触。

妾住洛桥北，君住洛桥南。日日思君不见君，空空怨恨春日的迟来和秋夜的漫长。青松旁生长的绿萝，那正是我，枝蔓怎生太短，无论怎样努力，都无法攀上枝头。我仿佛永远都追不上你的脚步。

人们常说精诚所至，金石为开，当愿望变为强烈的渴望，它就不再是奢望，而是老天都会赐予力量的现实。于是，我整日望着你远去的方向，双手合十，向苍天最真诚地祷告：愿作远方兽，步步比肩行。愿作深山木，枝枝连理生。

白居易不会也不愿轻易认命！

当白居易得知中进士的消息，他预感到那段苦苦相守的爱情应

该会得到一丝残喘的机缘。慈恩塔下题名处，十七人中最少年。多年后，他和自己的好友提及备考的艰辛岁月，还心有余悸！

早晚不停地读书，以至于身体留下严重的后遗症。未老而齿发早衰白，视力也变得极差。一个人在车水马龙的喧嚣中感到前所未有的孤独。长安城的一切如此美好，又如此冰冷，无法预知的考试结果，常常让他彻夜难眠。

他深知，支持他拼搏的，不只是父亲去世后对家族的责任，也不只是他天生略有些争强好胜的个性，还有他对湘灵爱情的争取。

终于可以衣锦还乡，曲江宴集的荣耀也无法阻挡他归乡心切。春萝秋桂莫惆怅，纵有浮名不系心。他有着太多的希望，不仅仅是为了赶回家照顾生病的母亲。

正如他所预料，25岁的湘灵守护着那份从少年时代就开启的承诺。

也正如他所担忧，母亲依旧反对他和湘灵的婚事。

她对此有着清醒的认识——即便儿子登科及第，然而要走上仕宦之路，还要面临重重的关卡，他理应得到也需要得到一份更加理想的婚姻。

愿望终究成为奢望。别离已苦，更何况是生生别离。

未如生别之为难，苦在心兮酸在肝。

生离别，生离别，忧从中来无断绝。

忧极心劳血气衰，未年三十生白发。

佳期与芳岁，牢落两成空。

佳人未能娶，真心难再许。

分别近十年后，37岁的白居易竟然尚未娶妻。

也许是曾经沧海难为水后的死如止水，也许是出于对母亲的一种无言的抗争。据说母亲以死相逼，才接受了朋友的建议，娶了杨汝士的妹妹。

无法忘怀的旧情，他只能靠笔墨派遣忧伤。无意间就会触碰深埋的过往。

调皮的小女儿翻出一个旧匣子，吹走匣上覆盖的轻尘，打开，一把颜色已泛铁红的青铜镜。那是湘灵的赠予！镜中那张衰容，是我么？湘灵仿佛带走了他所有的情感。

我有所恋人，隔在远远乡。我有所感事，结在深深肠。风雨苍苍，残灯下，独宿空堂。不学头陀法，前事安可忘。也许只有佛心才能超越这折磨人的情感！

辞章讽咏成千首，心行皈依向一乘。

坐倚绳床闲自念，前生应是一诗僧。

江州司马青衫泪，不独为琵琶女、琵琶曲，同是天涯沦落人，相逢何必曾相识。沦落人遇旧相识，除了倍添岁月不堪、人事代谢的惆怅，还能怎样呢？

白居易没有想到，以为此生永诀，却又偏偏相逢！

当44岁的他遇到40岁仍独身的湘灵，相对无言，唯有泪千行。久别偶相逢，俱疑是梦中。即今欢乐事，放盏又成空。红粉成灰，乐天缘何没有切肤之痛。

有人说，白居易曾逼死一位叫关盼盼的女子。她曾是风华绝代的徐州名妓，被张建封纳为妾室。据说，张建封死后，盼盼终日幽

居燕子楼，端愁饮恨。张仲素写了几首诗篇悼念友朋，乐天一时兴起唱和。

今春有客洛阳回，曾到尚书墓上来。

见说白杨堪作柱，争教红粉不成灰。

黄金不惜买娥眉，拣得如花四五枝。

歌舞教成心力尽，一朝身去不相随。

红粉成灰的怜悯却不敌为何不随身而去的潜台词。盼盼得看此诗，绝食而亡。传说抑或真实，谁都无法判断。但真性情、快意于诗如乐天，又未尝不曾写下众人所说的催命符。

白居易与西湖的缘分，在白娘娘和许仙故事的一次次演绎中，也被一次次发酵。他无法不陶醉于眼前这片湖光山色。

孤山寺北贾亭西，水面初平云脚低。

几处早莺争暖树，谁家新燕啄春泥。

乱花渐欲迷人眼，浅草才能没马蹄。

最爱湖东行不足，绿杨阴里白沙堤。

孤山之北，贾亭之西，碧绿的湖水平如镜。远处的白云与湖面相接，让人迷醉。初春的黄莺争着向那被阳光照耀的温暖枝头飞去，不知何处来的燕子正忙碌着嘴衔春泥筑新巢。湖边嫩绿的草丛钻出乱花无数，缤纷的色彩填满了路人的双眼，春色铺满心间！骑着马儿在湖边游荡，那浅浅的草刚刚遮住马蹄。遥望那平坦的白沙堤，行人最爱在那栖息漫步。

这位杭州刺史出于治理西湖天旱不够灌溉、下雨湖水泛滥的境况，修建了堤坝。人们因堤坝而想到了乐天，因白娘娘与许仙的悲情，想到乐天与湘灵的怅然若失！

据说，他曾拜访鸟巢禅师——如鸟儿般以树为家。

白居易曾问他：禅师为何要居住在如此危坠之地？

禅师哈哈大笑说：在我看来，刺史您可比我危险多了。

“禅师何出此言，弟子为一州之长官，有何危险？”

“官场之中，是非争斗，尔虞我诈，如同越烧越猛烈的心火，如何不危险？”白居易又曾问他，何为佛法大义？

禅师回答：“诸恶莫作，众善奉行。”

三岁孩童都会说出的话，那些已至耄耋之年的人，活了一辈子却未必能了解。真正的道，往往就是最简单的道理。

兜兜转转之后，原来起点就是人们一直苦苦追寻的终点。

众里寻他千百度，蓦然回首，那人却在灯火阑珊处。

于是，他遣散了小蛮和樊素，

在青灯古卷、课诵嘤嘤中等待西方净土的接引。

此恨不关风与月——元稹·遣悲怀三首

谢公最小偏怜女，自嫁黔娄百事乖。顾我无衣搜荩箧，泥他沽酒拔金钗。

野蔬充膳甘长藿，落叶添薪仰古槐。今日俸钱过十万，与君营奠复营斋。

昔日戏言身后意，今朝皆到眼前来。衣裳已施行看尽，针线犹存未忍开。

尚想旧情怜婢仆，也曾因梦送钱财。诚知此恨人人有，贫贱夫妻百事哀。

闲坐悲君亦自悲，百年都是几多时。邓攸无子寻知命，潘岳悼亡犹费词。

同穴窅冥何所望，他生缘会更难期。惟将终夜长开眼，报答平生未展眉。

人世间自有一种情痴，他与生俱来的多愁善感，从来与风月无关。

元微之未曾想到，他笔下的《莺莺传》会留下如此多的谜团，而这些谜团却都关系他的名声。

性温茂，美风容，少年张生，游览蒲州，暂住僧舍普救寺。

恰逢崔氏孀妇携子女回长安，亦寄居于此。

普救寺遭乱贼所围，张生请好友杜确解难，刀光剑影最终虚惊一场。

崔氏孀妇引荐儿子、女儿拜谢，从此开启了一段传奇。

那位名唤作“莺莺”的女子——垂鬟接黛，双腮飞红，凝睇怨绝，若不胜其体。张生无法不为之动心侧目。

一个仪形美丈夫，一个双目含情的闺中碧玉。

一个多愁多病之身，一个倾国倾城之貌。

金风玉露一相逢，便胜却人间无数。

莺莺婢女红娘几番传情于两人之间，张生痴傻，莺莺欲说还羞、欲迎还拒，终于厌烦了恼人的男女暗示把戏，于是有“待月西厢下，近风户半开”，于是有“拂墙花影动，疑是玉人来”。

朝隐而出，暮隐而入，寺钟打鸣，娇羞离去。夜夜温存恍似南柯一梦。

洛阳催客急，张生远去，莺莺空闺独守、痴人怨怼。幽会未终，惊魂已断。虽半衾如暖，而思之甚遥。唯以玉环充当青鸟凭传，玉取其坚润不渝，环取其终使不绝。

玉碎之时即为情断之日。西厢风月竟成往日幻境。

几年后，莺莺委身于人，张亦有所娶。各自有了各自的归宿。

“风流才子多春思，肠断萧娘一纸书”，别后相逢只是平添烦恼。

“还将旧时意，怜取眼前人”，几分痴，几分怨，根本无从算计。

张生将这场如梦般的遭遇都归罪于上天，上天不应该让如莺莺般的“尤物”来到自己身边，不妖其身，必妖于人，终究是红颜祸水，“我没有办法超脱俗人对美貌的痴恋，只能选择始乱终弃，那是迁善改过的良行。”

张生自认为那是最虔诚的忏悔，时间愈久，就愈能确信。

几百年后，一个叫王实甫的人，用他的生花妙笔改写了张生和莺莺的结局。

张生终中状元，有情人终成眷属。用皆大欢喜替代了始乱终弃。

因为他实在无法忍受那种自欺欺人的说法。

虽然这种自欺欺人的说法在唐代得到许多人的认同，或许他们为了掩饰自己心中的“邪念”，而故意用“认同始乱终弃”来标榜自我的道德水准。又或许，在那个时代，舍弃寒门之女，是公认的正当行为。

故事被元稹，叙述得就像真的，感情细腻而动人。

人们猜测说，张生即元稹，元稹即张生。

莺莺与张生的恋情，不过是他的自我书写。

799年，在长安靖安坊元家老宅内，一位大唐才子呱呱坠地。

这所宅院是前隋皇帝的赐予。

当孩子睁开双眼、来到万象世界之时，他不太敏锐的感官或许就已隐隐感到一窗一棂间透出的古老韵味。这位15岁以明两经擢第的才子因为年少丧父而得到族人加倍的关爱。表妹双文走进青涩少年的生活，那是元稹最为刻骨铭心的初恋。

长廊环抱着小楼，楼下花丛边绕着鸳鸯，一缕霞光在院中小池中荡漾着，如丝般的褶皱中仿佛隐藏着那些多年后轻易不为人道的心事。未曾掺杂世俗尘埃的情感幻化成云影在天空中徘徊。一年之后，元稹赶赴长安，接受正式任职前的考试。再炽热的情感也经不得距离与仕途的双重考验。

本非池中鱼，自会飞高枝，他文采卓著，崭露头角，少年得志。当元稹得知，京城首席长官韦夏卿有意让自己的女儿嫁与他为妻之时，他也许迷惑过，犹豫过，痛苦过，权衡过，斟酌过，在那个重视出身门第，没有家族支持，很难仕途风顺的时代，他没有办法不对韦夏卿——这位不嫌弃自己出身卑微的太子少保感恩戴德、感激涕零。

当温婉娴静的女子韦氏称呼自己相公，他知道他只能辜负那段渐行渐远的情感，将其埋葬。

《莺莺传》是元稹初恋的祭奠和自赎。或许，他只能在书写中为压抑的情感找到宣泄，又或许，他只能借始乱终弃的自我褒奖来说服自己，舍弃那段感情是无比正确的选择。

韦家小女儿韦丛嫁作元稹妇。这位向来锦衣玉食、娇生惯养的女子，有着大家闺秀与生俱来的教养。

她相信父亲为她的婚姻所作的安排，她也相信这位情感细腻、才华满腹的夫君，就像他忠诚于自己的情感一样忠诚于自己。为着这些“相信”，她以无比平和的心态来迎接未来一度困顿的生活。

她有时也为自己在贫贱生活中所付出的心力而自我感动。她曾经为了给丈夫寻找一件出席宴会的得体服装而翻箱倒柜，曾经为了给丈夫沽酒而贱卖了自己的金钗，她用温婉、贤淑、坚韧赢得了丈夫的爱情与尊重。

糟糠之妻不是谁都能胜任，那是生活对情感提出的挑战。

她常常在闺中与元稹戏言，他日我若先故去，你会怎样？

说这话的时候，她绝没有料到上天是如此吝啬给予她长久的生命。

贫贱夫妻百事哀，除了度日艰难之外，更重要的是，对于贫贱的夫妻而言，点滴生活的所有回忆都是一杯甜蜜与苦涩夹杂的酒。

温馨中渗透着辛酸。

我们常常怨恨一语成谶，它让我们不得不相信真的有所谓的宿命。

当戏言变成彻头彻尾的真实，当27岁的妻子离世，元稹才蓦然发现，这个名叫韦丛的女子，已经不知不觉占据了自己心中最重要的位置。

曾经沧海难为水，除却巫山不是云。

他愿意将这份独独的情愫赠予那位共患难的夫人。

虽然此时在巴山蜀水之地，有人正为他，难以成眠，月高还上望夫楼。

感情的事，有时就是这样，流花落水，无心插柳。

薛洪度曾经一度认为自己此生可能不会再动情。

41岁的年龄和阅历赋予她对大悲大喜之事的淡然。

她并不认为那些座中人真的就欣赏她的才情，所谓“慕名而来”，不过是满足猥琐的好奇心，不过是些恭维而已，对此，她十分清醒。

在男人自称高雅的社交世界中，有时需要她这样略有才情的女子的点缀，才不至于使场面变得庸俗不堪。

然而，31岁的元稹到访，却打破了她的从容。

他的发自内心的尊重，他读懂她的诗篇之后的共鸣，都让她感动不已。

所以，元稹离蜀，薛洪度就潜居于望江楼边，日日思君不见君，但饮锦江水，粉笺相伴度残生。

也许是元稹对娶这位乐籍出身的女子有太多顾虑，也许是恰逢丧妻之痛，心中的歉疚作祟。终其一生，也未曾向薛洪度发出她渴望的邀约。

中书侍郎平章事裴垍欣赏元稹的才学。

元稹也以恪尽职守来回报其知遇之恩。

他在东川查出前剑南东川节度使贪赃的事实，涉案官员难逃惩处。

此事名动三川的同时也为他树敌无数。

一年后回京途中，敷水驿住宿。

元稹先至住在上厅，宦官仇士良亦来此地，要求元稹搬离，元稹不肯让步、据理力争，同来的宦官竟以马鞭击元稹，致使脸破。

争厅事件最终使元稹刚回长安数日便被迫奔走江陵。

裴公不久逝去，令他的仕途之路倍感凄凉。

他将在长安孤苦的女儿保子接到江陵。

父女俩相依为命的酸楚让他夜不能寐。

偶尔翻检妻子生前写的书信，那些歪歪扭扭的字迹如此熟悉。

酒入愁肠，化作相思泪。一醉醒来，但见友人在旁落泪。

原来是自己在醉中呓语，喃喃呼唤妻子的名字。

腹胀看成鼓，羸形渐比柴。耳鸣疑暮角，眼暗助混霾。

元稹似乎一夜之间就老了，疯长的胡须就像他心中逐日累加的凄怨。

承担公务、照料小孩，还要夜夜忍受离愁别绪的折磨。

他的朋友李景俭实在看不过去，将自己的表妹——安仙嫔嫁与元稹为妾。过着荒地池馆内，不似有人家的贫困生活。

命运就是这样充满戏剧性，在元稹36岁之时，安仙嫔留下一子两女，也走了。

朝廷内的斗争有时难免会殃及池鱼。

哪怕你并未站队于任何一方，但因为你们私下的交情，也会被划党划派。

元稹回到长安意气风发，却再次被贬至通州。

一个叫裴淑的女人走进了元稹的家庭。

当元稹踏入虢州的地界之时，他已至不惑之年。

两个小女儿先后夭折，太多的生离死别已无法让他释怀。

家中处处都是女儿的幻影，千千心结，临风老泪，他不知道这究竟是为女儿哭泣，还是为他自己。

厄运有时像不散的阴魂。两年后，唯一的儿子也离他而去。

即便是把墨水用尽，把毛笔写废，也无法完整书写元稹心中的字字血泪。

身委《庄子》逍遥篇，心付头陀经。他有些相信佛经中所说，今生的痛苦源自前世之罪孽。他甚至不敢肯定自己将来魂归之日，是否还可在黄泉路上见到他深爱的儿子。他不知道自己上辈子究竟犯下何等过错，竟至于老天要用断子绝孙来惩罚他。

浙东山水似乎也为他带来了好运。好友白居易同享着他的欢乐。

老天到底还是怜惜他。生活富足、又添一子，保子外嫁。

那些早年挥之不去的忧愁怨恨似乎越来越远。

他与白乐天相互以竹简传诗。

他的朋友总是比别人更加了解自己。

这也许是老天给予他的报偿。

即便是面对人们的非议，他的朋友也毫不犹豫地表达了支持。

在人们的记忆中，他曾经心灰意冷、信誓旦旦地说，他要终夜长开眼，报答妻子平生未展眉的艰辛相伴。

他似乎一次又一次违背了自己的诺言。

人们因此而赠之以鄙薄的眼神。

然而，只有他知道，如果年少时的“莺莺”给予他梦幻般的成长记忆，那么他的糟糠之妻韦丛则真正让他成长为一个男人。

没有什么能替代那些日复一日的相知相守中累积的爱恋。

与安氏、裴氏组建家庭多半都是为了孩子。

至于薛洪度，那似乎是一个谜。

以至于有人说他们所谓的一段情也是人所杜撰。

然而，多情之人未必滥情。

更有一种情感，甚至超越了男女之情，好比他与白乐天。

果真是“人生自是有情痴，此恨无关风与月”。

无声的悼词——李商隐·无题

锦瑟无端五十弦，一弦一柱思华年。庄生晓梦迷蝴蝶，望帝春心托杜鹃。

沧海月明珠有泪，蓝田日暖玉生烟。此情可待成追忆，只是当时已惘然。

飒飒东风细雨来，芙蓉塘外有轻雷。金蟾啮锁烧香入，玉虎牵丝汲井回。

贾氏窥帘韩掾少，宓妃留枕魏王才。春心莫共花争发，一寸相思一寸灰。

昨夜星辰昨夜风，画楼西畔桂堂东。身无彩凤双飞翼，心有灵犀一点通。

隔座送钩春酒暖，分曹射覆蜡灯红。嗟余听鼓应官去，走马兰台类转蓬。

人生不如意者，十之八九。

年年岁岁，我们好似在完成着一次次宿命般的送别。

眷恋与恨意中渐渐认清楚生命脆弱的本质。

从最初的人定胜天的宣告到最后死生如一梦的无常之叹，生命仿佛在循着它既定的模式成长。这原本不是年轻的时候能够领悟的道理。

然而对于年少的李商隐而言，却并不陌生。

灵柩，又是灵柩。这次是亡妻王氏。

确切地说，这是第二次送走妻子。

在很多年前，他的第一任妻子离他而去。

灵堂中，妻子静静躺在那里，祭台上，轻烟冉冉的香烛使哀伤更加哀伤。

他其实已经看不清楚她的面庞，眼中的泪水仿佛不愿轻易饶恕他。

白色的帷幔时而随风轻扬，香泽犹存，恍惚间他常常觉得那是妻子徘徊难去的魂灵。

李商隐不止一次向好友提及过他的身世，我本系王孙，阴阴仙李枝，李唐皇族是他的远房宗亲。

尽管唐代十分重视门第出身，一个庞大有势的家族可以给后代子孙带来绵长的富贵。然而，他一次次自我身世的表白，并未给他带来可以青云直上的捷径。那种凭借出身而一飞冲天的情形，对李商隐而言，永远都停留于美好的愿景。他一次次提及那些先祖的陈年往事，也不过是为了平衡自己内心深处的自怜与自卑。古人常叹知己少，况我沦贱艰虞多。一生中原本知己难逢，更何况像他这样活得如此艰难困顿之人。

他永远忘不了父亲灵柩前母亲忧郁的眼神，父亲李嗣死于江南作幕之地，母亲带着年幼的自己、姐姐和弟弟，千里迢迢、日夜兼程护送灵柩回到老家荥阳。

风雨大作后，父亲的灵柩在泥泞的道路上摇摇晃晃，那份孤儿寡母的悲凄，无法报答父爱之痛，飘零无依的凉意，就像一颗有毒的种子，深埋在李商隐的心中，在往后的岁月中，时不时生根发芽，挠痒痒。

贫苦是生长自尊的土壤。为官府抄写文书，买进谷物舂米出售，十四五岁的李商隐以这样的方式承担长子的责任。

玉阳山的仙风道观是悲苦的慰藉。假若不能改变现实，那就只能劝慰自己超脱俗世的烦累。只有清静无为的出世之心才能减轻生活的沉重。

李商隐也不知道从何时自己开始伤春。

也许是第一任妻子的离世之时，也许是与柳枝擦肩而过之后。

她是行商的女儿。与生俱来对艺术的敏锐感受力，使她无论用一叶一蕊，抑或调丝擫管，都能吹奏出天海风涛之曲、幽忆怨断之音。堂兄让山在她家门前偶然吟诵商隐的燕台诗，她惊叹不知是谁能作出如此痛彻心扉的悲苦之诗。于是，手断长带挽结，托让山向商隐求诗。

相见后，少女直率大胆的表白和三天后博山香相待的邀约，无法不令他动心。然而，天意弄人。同赴京师的朋友，开玩笑提前拿走了他所有的行李，以至于他不得不离开。不久，柳枝竟被他人所娶。

一次玩笑改变了两个人的命运。

他曾经一度为这段夭折的感情而伤肝伤肺。

如何湖上望，只是见鸳鸯。春日里，触目所及成双成对的物事总是一次次刺痛他的内心。他曾经半开玩笑地调侃，请同年韩瞻传授爱情秘诀。这位与己年纪相若的韩瞻娶了泾原节度使王茂元的六女儿。我为伤春心自醉，不劳君劝石榴花，洞里迷人有几家。有人说，那时的李商隐早已注意到王茂元的小女儿。

有时，人们相信世间有这样一种定律。

渴望有多强烈，梦想实现的可能性就有多大。

在泾原幕府担任公文书写工作的李商隐，被王茂元看上，把自己最喜爱的小女儿嫁给了他。也许是岳父赏识他的才华，又或许是李商隐与王家小女儿早已秋波暗送，王父拗不过女儿的请求而答应了这门婚事。

毕竟，谁都不想让女儿过着荆钗布裙的生活，这不是所谓封建家长的专制，而是父母对子女最原始的爱。

美貌本就是上天的恩赐，再加上才情满腹就更是可遇不可求。

他写诗，她唱和，夫唱妇随，诗情换心。

从秋波柔肤的少女到艰难得子的少妇，二十五六岁的王氏已是病弱之身。

儿子衮师出世后不久，李商隐就踏上桂林征途。

这位备受病痛折磨的妇人，未语含悲辛。

深秋之季，竟撒手人寰。

晓霜透帘，李商隐每每看到花蕊上的露珠，都会觉得那就是妻子的宿命，短暂而美丽的停留，即便编织得再精雅的彩囊，也没有办法装盛。

伸出手，想要握住雪花，摊开手，握住的却是水滴。

期望和现实的距离，转瞬间就能打破幻梦。

爱情婚姻也好、科考仕途也罢，人生之事大多如此！

独抒己见的文章得到当朝相国的赏识。

略微内向且情感细腻又不乏洞见。

令狐楚对这位自称是皇族宗亲的年轻人充满好感。

写得优质的四六骈文公文是跻身中禁词臣的重要条件，运气好的话，还能引起皇帝的注意。

于是，李商隐以白衣文士的身份入令狐幕，相国亲自教诲其中的要诀。将军樽旁，一人衣白，那时李商隐尚未及第，“庾郎年最少，青草妒春袍”，意兴豪迈，气冲霄汉。

自负是对自我能力的强烈认同。

多年后，面对病榻上即将离世的令狐楚，李商隐想起了他早逝的父亲，令狐楚所给予的温暖让他在颓唐绝境还有勇气走下去。他尊重这位老相国，临死之前也要写下政治遗言上呈。那是一位有着“致君尧舜上”理想的臣子对皇帝最后的建言。他再次踏上护送灵柩的征程，“那通极目望，又作断肠分”，阴霾笼罩在汉水与嘉陵江之间的分水岭，那是他残存生命的寓言。

五服之亲丧，官员须停职丁忧。

母亲离世，使好不容易进入秘书省的李商隐只好解职归家。

四海无可归之地，九族无可倚之亲的少年之痛，以及长大后依赖权贵、仕宦浮沉的中年之殇，让他决定了凝结骨肉亲情的迁葬举措。

于是，整整几年时间，往返于京师、郑州、洛阳、怀州，寻访去世二十多年的姐姐坟冢的地址，才情满腹的姐姐不满酒囊饭袋的丈夫，夫家以不许庙见为理由变相休了她，忧伤自怜至死。如若不是出身在寒族，岂会遭遇此等待遇。

直到上至曾祖母，下至年幼夭折的小侄女寄寄，所有能找到的族人的灵柩都被迁回故地荥阳。形式不重要，重要的是四处飘零的族人终于聚首。

他望着高低相错的墓地，双瞳闪闪，油然而生的成就感使他减少了几分富贵不可期的抱憾，他觉得自己对得起曾经荣耀的先祖。

洛阳崇让坊王茂元宅。故地重游，昔人不再。寓目之处，无不令人怅然。

蔷薇滴露仿似无声的哭泣，孩子在床榻上憨憨痴睡，他不知道应该为孩子高兴，还是为亡妻悲伤。竹簟翠被，只剩冰冷的华美。离情堪底寄，惟有冷于灰。

几年后，东川幕府的朋友柳仲郢同情他的孤独飘零，提出在使府的乐籍中选择色艺绝佳之人作他的侍妾，他拒绝了。他的爱意早随亡妻而逝。

山高路远，夜已深沉，秋意浓烈，烛火明灭。君问归期未有期，巴山夜雨涨秋池。他日若在黄泉路上与亡妻相遇，必定一诉这深秋的哀思。

杨本胜带来了小儿的讯息。

自从李商隐在多年前为儿子写下《骄儿诗》，这位叫衮师的小孩子就成为诗人们谈论的焦点。长安城的好事者还要特地跑到孩子住处，一探究竟。

衮师相貌秀气，浑身透着一股机灵劲儿，最爱恶作剧。

时而捧着父亲的手模仿客人匆匆进门，时而模仿大胡子张飞和邓艾口吃的样子，时而模仿豪鹰和猛马的气势和形状，时而又模仿参军戏里参军和苍鹘的表演。对自然生灵总是充满了好奇，或举鞭牵取蛛网，或俯首吸吮花蜜为戏。和阿姊比赛双陆，输了耍赖撒泼，硬要拗脱阿姊梳妆盒上的铰链，甚至在地上翻滚不依。即便怎样威吓也全然不理！

父亲的书房是衮师最觉奇妙之处。碧绿纱窗、壁挂古琴，都要捣鼓一阵。

有时，也会安静注视父亲临帖，要求用古锦裁作书衣，用玉轴作书轴，并请父亲在“春胜”上写字。那种散漫不拘的小儿情趣，李商隐想起就忍不住发笑。

爱怜之际又难免心生感伤，期望孩子将来成为万户侯而非百无一用的书生。

当李商隐打开信札，实在不敢相信那是自己曾经那样聪明活泼的骄儿。

寄人篱下的生活，让衮师变得敏感，瘦弱堪怜。

没有母亲的疼爱，寡欢内向，甚至有些痴傻呆滞。

如果说可以用诗篇来慰藉对亡者的思念，那么对于活着的一双儿女，李商隐是毫无办法。养家糊口与承欢膝下，竟然是不能兼得的鱼和熊掌。

有人说，托古讽今，托物传情，是一种写作诗篇的艺术技巧。

李商隐写下的那些无题诗，堪称此种艺术技巧的代言人。

几百年后，北宋有人想方设法模仿他，却最终画虎不成反类犬。

甚至被滑稽演员狠狠地讽刺了一番如何生吞活剥李商隐的诗篇。

他们不知道，所谓的艺术技巧并非刻意为之，敏感和抑郁使他总是习惯于拐弯抹角地说话。只有这样，才能获得一种安全感。

所以，人们常常不知道他的喃喃自语，究竟要表达怎样的情感?

锦瑟为何偏偏有五十弦，让我看到它就想起自己已年过半百，忍不住又要追思一番已逝岁月，这是老了的标志么？庄生梦蝶，不知庄生是蝶，抑或蝶是庄生，就像我，不知人生是梦，抑或梦是人生。

当我游到彼岸与你相会，还未来得及缠绵情思，就已回到此岸。

悲伤让我仿佛到了很早之前杜宇的时代，那声声啼血的杜鹃鸟就是我对你魂灵的召唤。

月夜颇佳，我们依偎水窗，语及伤怀，朦胧中我看到你眼中闪烁的泪珠。

如今，你却离我而去，只能凭借缕缕轻烟传达情意。

你的情深款款，我本应用绵绵无绝期的追忆来报答，然而每当想起你，除了哀伤还是哀伤，总是在恍惚中迷失了自我的方向。

飒飒东风，天空中飘洒着迷蒙细雨，荷花塘外，轻雷声声，由远及近。

金蟾香炉中香雾缭绕。玉虎辘轳，牵丝汲井。

韩寿貌美，贾女隔帘窥之，悦之，互通款曲。

曹植梦见洛河女神，与之幽会。

形单影只的我，春天只会带来美人迟暮的伤感，还是不要和那满园的繁花竞相绽放燃烧，以免寸寸相思化作寸寸香灰。

昨夜星辰挂在深蓝色天际，习习凉风在这夏夜里轻舞。

我们相约在画楼西、桂堂东。

我们虽不比彩凤有着翩然的双翅，心意却在朦胧的月色中点点相通。

我们隔座游戏、罚喝春酒，烛火通明，猜谜射覆。

好梦易逝，佳期难遇，晨钟敲响的那一刻，我又再次营营于琐细俗务。

当你看到飘荡不定的蓬草，要丝毫不怀疑，那就是我的踪迹。

这些梦境般的呓语，是李商隐深藏于心的——

无声的悼词。

寻梦，撑一支长篙——杜牧·遣怀

落魄江湖载酒行，楚腰纤细掌中轻。
十年一觉扬州梦，赢得青楼薄幸名。

大唐元和七年，长安城。

当西域风尘仆仆来到这里的客人，穿过城南的明德门，眼前那条宽阔的大街带着两旁的坊市，以无比的壮丽宏阔来迎接远道而来的客人。

皇城之大，常常令刚刚来到这里的异乡人迷失道路。

沿着皇城中轴的朱雀大街，一直往北，人声愈来愈鼎沸，车水马龙、熙熙攘攘。在东西两市的中间，朱雀门东第一街第三坊，那是宰相杜佑家的住处。“旧第开朱门，长安城中央。第中无一物，万卷书满堂。”然而，今天这里正在举行隆重的丧礼。

虽然常常有人带着无比艳羡的口吻，恭维年少的杜牧说，不愧是杜预的第十六代孙，素有家风！他的远房宗亲杜甫就以此为傲。

然而，杜牧却甚少提及这位先祖——西晋时期的经学家杜预。

在他的心中，相比那位遥远不可及的先祖，他的爷爷杜佑更令他折服。

他清楚记得，两年前，祖父和自己在樊川别墅的快乐时光，那是他们杜家在长安城南的一处别苑。

祖父告诉他，汉高祖曾赐予功臣樊哙食邑于此，所以名曰樊川。

皇帝陛下曾专门派中使赐予酒馔，那是他们家族的荣耀！

祖父逝去，仿佛也带走了家族的喧嚣。

杜牧与生俱来的感性常常为时光流转而发。

作为在长安京城长大的孩子，每当秋意渐浓，他总是热衷于极目眺望，仿佛要透过尽收眼底的景象抓住那些纷至沓来的历史。

所以，当他在洛阳城中再见到张好好时，他没有办法不写下诗篇作为物是人非的祭奠。四年前的南昌滕王阁，杜牧第一次见到这位歌艺惊人的女子。好好如同绝世凤鸟，身着嫩绿罗裙款款而来。双腮飞红，如同清波中摇曳的红莲。十三岁舞动的小小身姿，伴着袅袅穿云的歌声，仿佛瞬间变成滕王阁灵动的明珠，照亮赣江的浓浓夜色。所有座上宾客无不为之惊叹。

华筵东主沈传师以天马锦、水犀梳相赠，从此，好好以乐籍之身，秋浪东湖，相随左右。沈传师的弟弟看上了这位玲珑的女子，好好嫁作他人妇，整日深居简出。

她的歌声成为人们的记忆。一时间，杜牧很难将眼前这位年少却已沧桑满眼的酒家女和他过往的记忆重叠，太多的不可思议与他乡重逢的千愁万绪，竟让他不知应该对好好说些什么。

再不是当年那位青涩少女。甚至略带落魄风尘味的好好，看出了杜牧的不知所措，用一连串的问话来掩饰羞愧与尴尬。

此情此景，杜牧还能说什么呢？哪怕是行同陌路之人，也不忍心启齿问及好好的过往。

善感之人总遇善感之事。

大和七年的春天，杜牧公干途经金陵。

一次偶然的机会，竟让他遇见曾经名动一时的杜秋。

这位在江南的山水中滋养的女子，天生丽质难自弃，淡妆浓抹总相宜，深得镇海节度使李锜的宠爱。

劝君莫惜金缕衣，劝君惜取少年时。

有花堪折直须折，莫待无花空折枝。

妩媚娇羞、长袖善舞下深藏少女诗情。浮萍般的命运，随着李锜叛乱被杀，罪臣家眷杜秋进入宫中为奴，竟二度获得宠幸。

宪宗赐予她“秋娘”的美名。从此在椒壁、金阶中有一位略带忧郁的皇妃，她盼眄独依依、低鬟认新宠、窈袅复融怡，重新拥有的幸福曾让她相信上苍的慈悲与怜悯。她偶尔心生的不安，一朝变为事实。

宪宗离世，幸福梦断，宫中朝夕变幻的人情，使她把残存的希望寄托于皇子。

当十多年的养育终成泡影，皇子失势被废，她在一个秋日的黄昏，走出高高的宫墙。

回首迟迟，三十年似梦非梦。驻守潼关的旧吏，已是鬓丝如雪。青春少女已不再，眼前这位苍老的妇人早已在岁月的风霜中改变了模样。杜牧为秋娘不能主宰的命运而悲伤，女子是这样，士林又能好到哪里去呢？

同样是变化无常、不能主宰的人生。

那些所谓的理想，不过是痴谈。

擦肩而过、恨不相逢的仇怨，总是在时间中发酵，当杜牧偶尔想起那一瓶瓶窖藏时，拿出来，一饮即醉。崔刺史知道前宰相杜佑的孙子杜牧要来游玩，铆足劲找乐。全城的名妓都被他找来府中，又组织嬉水会，吸引全城少女观看，但可惜，都不入杜牧的法眼。

傍晚时分，路上偶遇一位十余岁的女子，国色天香，于是，厚赠聘礼，约定十年后行娶嫁之礼。

然而，十四年后，当杜牧再回湖州之时，姑娘已于三年前嫁作他人妇。

自恨寻芳到已迟，绿叶成荫子满枝。

一千多年以后，扬州城的那些古老建筑下，人们常常能看到一位外国人的身影。他拿着手中的相机，试图从斑驳影像中寻找那些曾经的繁华风情。他叫安东尼，来自澳大利亚。“与威尼斯一样，扬州使人想起许多艺术家、文人、富商巨贾以及水道的形象，这是一座万般迷人的城市，拥有色彩迤逦和浪漫的过去”。

“你站在桥上看风景，看风景的人在楼上看你。明月装饰了你的窗子，你装饰了别人的梦”。杜牧扬州一梦，成为无数人梦中之梦。

千年之后，江南出生的郁达夫试图寻梦的时候，发现不如沉醉梦中，长久不醒。

杜牧曾经无数次回首过自己在扬州的岁月。就像他无数次在秋日登高望远一样。唯一不同的是，前者更像是一场幻梦。

“炀帝雷塘上，迷藏有旧楼”，杜牧一踏入扬州城的地界，脑海中首先浮出的竟是一座谁都未曾见过的迷楼。楼阁高下，轩窗掩映，幽窗曲室，互相连属，稍有不慎，就迷失了来时之路。炀帝流连忘返、经年不出。

他终究是个感性的人，山水不同，调兑出不同的滋味诗情。

长安城的西风凛冽，让他耳边马嘶长鸣、策马狂奔；他经常幻想自己带兵打仗的场景，并饶有兴致地议论军政。他也曾献计平虏，被李德裕采用，大获全胜！扬州城的烟雨迷蒙，使他的心变得柔软，醉在江南。没有西风凛冽的刺骨，疼痛变得不那么切肤。他原本风流倜傥的天性随着柳岸垂条的轻舞飞上云霄。

人们常常听到一个外地口音的公子在青楼酒肆徘徊，随意挥洒的诗意，为扬州罩上一层迷幻的色彩。春风十里扬州路。豆蔻花开的时节，欲开未开的浅红在枝头娉婷，春意萌动。歌台舞榭，他曾为珠帘下的妙龄女子而心动不已。

然而，一次次离别，又是何等黯然销魂。

多情却似总无情，多情的人爱得多、爱得痴，离别宴席，惆怅几许，无语凝噎，反倒如无情之人。银盘上燃烧的蜡烛仿佛参透了他们的心门，垂泪至天明。

缠绵悱恻的情思在杜牧的心中、笔下蜿蜒，如同明月下的扬州水。

人生无不散之筵席。牛僧孺设宴为即将离开扬州赴京任职的杜牧饯行。

友直，友谅，友多闻，诤友总会在恰当的时机奉劝自己的朋友。

锦上添花易，雪中送炭难，锦上指瑕更难。

当牛僧孺命人将一盒书匣打开，请杜牧查看。

脸红心跳的他，不得不承认他的确是我杜牧的诤友。

扬州城的繁华背后是芜杂的市井。

幕府的刻板生活，显然不能满足一个诗情满腹的倜傥公子。

牛僧孺太了解这位年轻人，于是秘密安排兵卒，暗地便装保护。

杜牧对此全然不知，夜夜笙歌到天明。

饯行酒宴，牛僧孺告诫，前程固然远大，但常虑他风情不节，或至尊体乖和！杜牧回答说，我平常生活检点，不至于让你劳心费神。可是，当那一盒子密报呈现在杜牧眼前，“某夕，杜书记过某家，无恙”；“某夕，宴某家，亦如之”……杜牧难掩愧色，梦终究会醒，尤其在冷水浇心之时。

行囊在手，杜牧登上即将远航的船只，在清波浩淼中，他回望这座风光依旧的城市，他忽然有自嘲的冲动！

漂泊江湖的那些过往的潦倒岁月，杜康似乎是自己唯一不变的伴侣。

放浪形骸，歌楼酒馆中流连忘返，在细腰轻盈的温柔乡中迷失。

扬州，渐渐在他的视线中成为一个远方的轮廓，十年如一梦。

春梦了无痕，恍惚间，他好似真的不记得自己究竟做了什么。

他得到了什么呢，仿似什么都未曾得到，除了一大堆刻意伤春复伤别的文字！

当然，还有青楼女子中谣传的薄情郎的声名。

杜牧临死之前，检视自己平生诗稿。

唤侍儿端上火盆，一页页，竟烧掉了一大半。

杜牧望着星星点点、半明半灭的烟火，忽然觉得自己的生命也在点点消逝。

他选择留下的那些诗作，是愿意留在人们心中的模样！

在这模样中，有少年的快乐，欠下风流债的多情，有壮志沙场的愿景，有扬州一梦的欷歔。

仗剑走天涯——刘叉·姚秀才爱予小剑因赠

一条古时水，向我手心流。

临行泻赠君，勿薄细碎仇。

真男儿，天生就有几分匪气。

没有在少年时打过架、摔过跟头的男人，恐怕未必能出落为响当当的汉子。

大唐的男人们，除了能够写诗，大多平日里腰间别着把青锋宝剑：男儿何不带吴钩，收取关山五十州。

这样的诗句几乎引起了唐代每位诗人的共鸣。

如此，在唐诗之中，我们总能看到，文弱的汉子往往散发出阳刚，冲淡了细腻感情的愁雾，直面奔跑着的人生境界。

就像我们小时候，曾经梦想到少林寺拜师学艺，然后出来行走江湖，助人为乐一样。身为大唐才子的刘叉，一生都在想着当个侠

客，和几个同道，除暴安良，快意恩仇，爽朗舒啸。

玩刀的人不一定就不珍惜生命。他看重的是道义、畅快和直率。

当多年的朋友姚秀才，即将离开，然后就会相忘于江湖，殷勤之意令人难受，酒是喝了一杯又一杯。刘叉实在是忍不住，将自己身上最贵重的东西相赠。吹发立断，青碧照影。

平日里直来直去的人，此刻居然也可以反复啰唆：那握在手中的小剑，泛着清寒的光芒，就像流动的碧浪。临行之前，送给秀才，现在它流动到你的手中。这是我对你特别的情意。请不要用它的寒光在细碎生活中争名夺利、一较高下，那些有意义的事情才是发挥它价值真正的地方！

对于经历过逃亡生活的刘叉而言，那把有形的刀剑，他早就没有办法再用了。然而，与生俱来的正义感却从未曾消失。路见不平处，仍然热血沸腾、怒火中烧，藏于胸中那把万古之刀，就像眼光一样，会被自己打磨得越来越锋利。

元和年间，他少年任侠，成天和流浪地痞混在一起，见到不平之事，该出手时丝毫不犹豫，终于在一次酒醉后，闹出命案，拔腿就跑，亡命天涯，成为官方追捕的逃犯。后来，遇到朝廷赦免，改志于学，成为才思敏捷的著名诗人，却偏偏不去参加读书人被折腾得死去活来的科考。

他的个人履历非常之简单清晰，却留给人无尽的遐想。

人们怎么也没有想到这个在江湖上狂傲不羁的人，竟然和当朝的文坛领袖韩愈干了一仗。

他是连名字都响当当、牛气冲天的刘叉。站立着的才是汉子，否则就倒在地上，弯腰匍匐求食，还不如抹脖子上吊。

世人眼中的流氓未必是真流氓，世人眼中的君子也未必是真君子。

刘叉瞧不上那些在庙堂上混吃混喝且装模作样的人。

肉食者鄙，与他们同列朝堂又如何？

这个年少时曾杀人的流氓，为斯民叹息还叹息。

改邪归正的刘叉最初听得韩愈的大名，也曾心向往之！

他为自己写了一首名叫《冰柱》的诗。

“檐间冰柱若削出交加。或低或昂，小大莹洁，随势无等差。始疑玉龙下界来人世，齐向茅檐布爪牙。又疑汉高帝，西方未斩蛇。人不识，谁为当风杖莫邪！”他觉得他就是那冰柱。大雪之后，挂在房檐，高低相错，晶莹透明，最初人们怀疑那是玉龙下到凡间的爪牙，后来，人们又怀疑，那是汉高帝的斩蛇宝剑。

可惜没有一双慧眼能看透它的来历！它本可以成为四时雨，如今却徒然让路途变得泥泞，它本可以成为九江浪，如今却徒然流落天涯，它本可以成为双井水，煮出清雅的茶水，它本可以成为中山浆，制出芳香四溢的佳酿。它被人们所忽略、漠视。如今，它只能孤芳自赏。最终，阳光普照，万物复苏，冰柱消失了，它洁净地来，洁净地走，不带走一片云彩，不留下半点痕迹。抽刀斩乱麻，一挥而就。

然而，反令井蛙壁虫变容易，背人缩首竞呀呀！

韩愈喜欢这位年轻人怪异的诗风，这和他笔下的怪异如出一辙。

于是，他将刘叉收留在府中。

以儒者标榜的人，往往一不小心就表现出虚伪和矫情。

作为文坛领袖的韩愈，成为求写墓志铭的对象。

死者亲属所来求之墓志铭——若出自位高人之手必能传之久远。而墓志铭中，大多都是歌功颂德的溢美之辞。这些虚头巴脑的文字，有些人终身都不愿写。然而，韩愈对此，倒是乐此不疲。

刘叉的放浪形骸、恣意纵横如何能忍受?

他选择了离开，并且还带走了韩愈金数斤。

用他的话说，那是韩愈阿谀奉承墓中人所得，姑且就用来当做我刘某人的生活费吧!

刘叉归于齐鲁，从此杳无音讯，不知所终。

只剩下青光之剑，如水般在人们的手中流泻，顿时，豪迈冲天!

他的传说——罗隐·赠妓云英

钟陵醉别十余春，重见云英掌上身。
我未成名卿未嫁，可能俱是不如人。

公元九世纪，人们发现他们对于时间的感受力变得日趋敏锐。

回忆过往的辛酸或美好，是一个人衰老的标志，回忆过往时代的锦绣山河、风云岁月，是从一个时代跨入另一个时代之门的纪念。

善感的诗人在一种近乎悲伤的情调中挥别大唐。

罗隐不知道为什么人们要把亡国归罪于西施。家国兴亡自有它内在的逻辑与因果，吴人又何苦让一个女子来承担如此严重的罪责。

他也同样不能理解为什么安史之乱要扯上杨贵妃，一帮大男人非要在马嵬坡逼死这个女子，还要声称是清君侧！

吴越江南之地，帝王待过的地方总是能引发思古之幽情，一种风流一种死，朝歌争得似扬州。玉树歌声泽国春，累累辎重忆亡陈。

如今，大唐再次重演不幸，又将归罪于谁？

每个人心中都有一扇别人永远很难打开的门。

那道门里，藏着我们所有难以与人言说的苦痛。

罗隐的那道门内，藏着科考失意的落寞。此时，他被妓女云英"罗秀才尚未脱白"——哪壶不开提哪壶的惊叹弄得有些手足无措。

十多年前，他赴京赶考，途经钟陵县。偶然结识乐营中这位叫云英的歌妓，云英那时正值妙龄，才思歌艺俱佳。离开钟陵的那晚，一醉方休，壮志在怀，酣畅淋漓！十多年未见，没想到云英犹是体态轻盈的掌上身。

"我未成名卿未嫁"——依旧白衣书生的罗隐面对仍然未脱乐籍的云英，一个是被科举仕途拒之千里的可怜人，一个是难寻郎君托付终身的优质大龄剩女，他忽然涌出一种自嘲的冲动：大概是因为我们都不如其他人吧。

不同人却同命，士子和娼家之女，又何等相似。灞桥柳岸送别，相偎相依不胜春。那些缠缠绵绵、欲说还休的娼家之女，连自己的命运都如那漫天飘舞的飞絮——不知风将会将其吹送哪里，又怎能靠短暂的温情留住离别之人。

十上不第，俱铩羽而归，罗隐算得上科考中的钉子户。

有人说，是因为罗隐的社会关系太弱，缺乏权贵的引荐；有人说，是因为罗隐出身于寒门，或是因为考官；有人说，罗隐这个人吧，长相太丑，据说当时有位叫方干的人，就是因为长了兔唇多年未能及第。“身言书判”的官员选拔标准中，体貌丰伟可是重要条件!

不管什么原因，总之，他就是没中。

寒饿相接、恸哭于秦廷之后，他决定将自己原来的罗横之名改为罗隐。

罗隐一直觉得自己是宿命论者，或者说，这些年所受的苦痛令他不得不信命。

男儿未来尽英雄，但到时来即命通。

时来天地皆同力，运去英雄不自由。

生不逢时，值此兵革滔天之日，即便才高又能作何?不如归去。

欲隐未必能隐。翻检过去的诗文，曾经的那些苦痛和失意历历在目。

病想医门渴望梅，十年心地仅成灰。早知世事长如此，自是孤寒不合来。

往事向人言不得，旧游临老恨空多。松醪作酒兰为棹，十载烟尘奈尔何。

自号江东子却无言以对江东父老。

科举数十次败落的惭愧，使他：掩耳恶闻宫妾语，低颜须向路人羞。五湖归后耻交亲。甚至有些自闭的倾向，不敢与人多交往。

老庄的魅力在于总是能在人穷途末路之时，以冷眼旁观的方式

为沉沦于苦痛中的人们带来一丝温暖。让生活中所有的不堪能得到合理的解释。

老子与庄子又大不相同，前者如仙风道骨的老者，用极其凝练的语言来诉说他的人生智慧。后者则是一个在滚滚红尘中弄得浑身伤痕的人，唠唠叨叨地劝告。所以，老子告诫人们要绝圣弃智，庄子却极有耐心地讲述一个个寓言故事，让你慢慢琢磨。

当他看到一棵因为长得不直的树却得以千年不毁，看到一只长得弱小的鸡，不至于被提前宰杀之时，他告诉人们，看吧，树和鸡，都因为它们的不才而幸免于难，那些长得笔直的树和肥硕的鸡，必定很快死于刀斧之下。

木秀于林，风必摧之！

罗隐由衷地希望自己能学得些老庄的智慧，看透世事、宠辱不惊！

然而，他始终没有办法做到——地似人心总不平。

许多路，只有曾经走过，才能真正无悔无憾。

曾经沧海难为水，除却巫山不是云——那种坦然和平静是阅尽千山万水之后的人生选择，对于从未曾有机会去实现自己抱负的罗隐来说，你教他如何真正地“放下”。

虽然他也知道多愁多恨亦悠悠，也曾劝慰自己：得即高歌失即休，今朝有酒今朝醉，明日愁来明日愁。然而，到底意难平。

正是因为有那段长久的失意岁月，所以当五十五岁的罗隐得到了杭州刺史钱镠的邀约，做了钱塘县令。对于迟迟到来的知遇之恩，罗隐唯有竭力相报。

行事不走寻常路的人往往都会留下许多真真假假的八卦。

不知道从什么时候开始，性格张扬敏感，又颇有独见的罗隐，成为各种传说的主角。据说他的母亲做了一个要生皇帝儿子的胎梦。生了罗隐之后大肆张扬、得意非凡，并扬言要将对他们母子俩甚为刻薄的叔公和婶母处以极刑。于是，玉皇大帝收回罗隐身上的龙骨，改他的皇帝命为乞丐命，却在他的咬牙坚持下，留下了一张“金口”。

他向田间劳作的人讨水喝，遭到拒绝，他诅咒：田土如沟土，禾苗如汗毛，必无好收成。果真应验！有个财主为孩子办“对岁酒”，特意邀请罗隐，希望承他贵言，多生孙。财主准备了一桌的酸菜，几番引导，冀盼罗隐说出“酸（孙）多”二字。未想到罗隐竟然说成“酸（孙）死”，后来财主的孙子果真死了。

他为了蹭饭，曾到财主家道贺：屋高好挂匾，屋大好停丧，宁死七八十，莫死少年郎，兄不见弟死，父不见子亡。没想到，竟被驱赶，一怒之下改口说：老又死，嫩又死，唔死街头无地企。罗隐“金口”讲过之后，这家人的死亡不再依照先前的顺序。

这些传说，多少有些整蛊的意思。

罗隐曾被村妇整蛊。据说，他虽然考取进士的道路坎坷，却很小的时候就考中了秀才。身穿白衣扮成风流才子的模样。

清明节前一天，他看到村姑在桥边洗衣，卖弄诗文调侃说：秀才脚下一座桥，桥下一个嫩花娇。花娇不问桥上客，洗净衣衫不起腰。没想到这村姑也不是凡人，回敬说：井底蛤蟆初出身，我心不

像你花心。我家自有贤夫君，哪有闲心向花痴。

罗隐又遇到一位正悲悲切切上坟的少妇，哀叹道：坟前少妇哭哀哀，八幅罗裙扫地灰。你夫逝去我还在，乌鸦飞去凤凰来。少妇鄙夷地回敬：罗隐秀才太癫痴，我在哭坟你题诗。手捏鼻子嘴出气，君家娘子别人妻。

罗隐简直羞愧难当！

在人们的口耳相传中，罗隐也为民请命、以恩报恩。

据说，西湖打鱼的人每天必须向官府上交数斤新鲜的使宅鱼，那些完不成指标的渔民只好掏钱购买，怨气冲天。

罗隐抓住与钱镠作诗赏鉴《蟠溪垂钓图》的机会，作诗：吕望当年展庙谟，直钩钓国更谁如？若教生在西湖上，也是须供使宅鱼。提出了姜太公若生活在西湖旁，恐怕也为交不出使宅鱼而发愁的谏言。于是，钱镠下令停止征收。

罗隐通常以传授某种农技来回报恩情。

据说，他曾向一位正在播萝卜种的老伯讨要萝卜。没想到吃起来太过辣口，难以下咽。老伯见他可怜，分食给他。罗隐临走之前，把先前咬过两口的萝卜递给老伯，让老伯试着种一种，会有极好的收成。老伯将作了记号的萝卜种下，果真应验。从此，传下了萝卜削种的方法。

又，罗隐曾经因为饥饿，误吃了捏竹人挂在凉亭中的饭食。所谓捏竹，就是在竹子上做釉记，以便区分管理。为了表达自己误吃饭食，罗隐自告奋勇帮助捏釉。没想到，这活儿可不好干，时间哗哗流，成效甚微微。于是，罗隐再次运用他的“金口”，山上的毛竹转瞬披釉。从此，这山上就有了一种身披金纹的罗隐竹。

最令人难以置信的是——罗隐转世。

罗隐“金口”的名声越闹越大，被玉皇大帝知道了。

他兴冲冲派遣风雷雨电神速下到凡间，捉拿这个凡人仙口的漏网之鱼。

突逢风雨大作之天的罗隐，指天而言：指指风，指指雨，罗隐避在瓦窑里。

雷声滚滚而来，罗隐又言：好在瓦窑是我藏身之地。

一不小心，将“藏”说成“葬”，于是，命丧瓦窑。

村中员外的千金忽然莫名其妙怀孕，原来是小姐偷吃了花园中的柑橘，并莫名其妙与书生梦中温存。而那棵柑橘树的树根一直接连到瓦窑之中。员外竟然循着它发现了罗隐的尸体，将其安葬。数月后，小姐生下来男孩，认为那是罗隐的孩子，于是，为孩子取名为“甘罗”。

罗隐曾嘲笑秦始皇，“千载遗踪一窖尘，路旁耕者亦伤神。祖龙算事浑乖角，将谓诗书活得人。”那些愚蠢得只懂得用蛮力来使别人屈服的人，实在是可笑之至！秦王焚书坑儒却不能阻止人们口耳相传。坊间传闻的力量就是如此强大。

生前屡屡受挫、万般无奈的罗隐，死后却在坊间传闻中一次次复活。而且一次比一次更加生动。冥冥中，他仿佛现身说法演绎了自己的思想。

从一个普通人到一个无所不能的神，罗隐不再是罗隐，却与世长存。

第四部分
佛僧道士·山巅坐看云起时

忠诚的信徒——玄奘·题中岳山

孤峰绝顶万余赠，策杖攀萝渐渐登。
行到月边天上寺，白云相伴两三僧。

贞观十九年，大唐正在准备与高丽开战。

这一年的正月，新年庆祝活动刚刚结束，住在洛阳宫中的李世民，忽然接到一封特别的上表。这份来自沙州的公函带来了玄奘法师即将归国的消息。李世民立即敕命房玄龄派遣官员准备迎接。李世民之前听说过这位未经国家批准就私自出国的玄奘，听说此时他早已享誉西域各国。

当四十六岁的玄奘带着庞大的队伍穿过长安的城门，他的内心仍然压抑不住的激动，在他的心里此时正酝酿着一幅广阔的蓝图。他知道，他的路也许才刚刚开始。

蜂拥而至的人们堵塞街道，只为一睹西行归国的高僧真容。朝廷命令长安城各大寺庙，置办华幢、车舆，装盛玄奘带回的佛像、经文、舍利子。前有梵乐，后有香花，从朱雀大街出发，人们就地烧香散花，它们将最终被安放供奉于弘福寺。

这位法号玄奘的大师，似乎与佛祖注定有一段惊世的缘分。缘分这种东西，只有上苍知道，人们永远只能在蓦然回首之时，才会恍然发现它原来就在灯火阑珊之处。

当陈家又添了一个小儿子的时候，他的母亲露出了欣慰的笑容。这位隋朝洛州长史宋钦的女儿自从嫁给县令陈慧过后，已为他诞育了两个子嗣。

然而，陈家小儿子刚满五岁，他的母亲就溘然长逝。乱世中，无法掌握自己命运的父亲，辞官归隐，带着几个孩子在乡间看云起云落。

陈家小儿子常常躺在草地上仰望苍穹，心中总是涌动出许许多多的问题，父亲有时会嘲笑他比阖闾大夫屈原的问题还多，天上究竟有什么，天有边际么？地的那头为什么总看不到尽头？他的追问随着父亲的去世戛然而止。

于是，10岁那年，他跟随二哥来到洛阳净土寺，他完全没有预料到，那些被父亲调侃的疑问，在这里居然能找到答案。

几百年后，各大书坊都在争相印制一本小说。供不应求的状况，让书商笑得合不拢嘴。

这本叫《西游释尼传》的书，杜撰了一个美猴王随唐僧玄奘西游取经的故事。父是海州的陈光蕊状元，母是娇媚的当朝丞相之女殷小姐。喜结良缘后赶赴任上。随之，遭到劫财劫色的船工，陈状元死于非命，殷小姐有孕在身，假意顺从，并在南极星君的指示下生下孩子，放入江中。多年后，被金山寺收养的玄奘身世被戳破，成功为父母报仇。

这是一桩宗教信徒的受难史。好事者杜撰了玄奘的身世，也许是为了使唐僧取经、斗智妖魔、弘扬佛法变得更为悲壮。

真实的历史未必具有如此多的戏剧性。净土寺中的玄奘在春来秋去的时间表中渐渐长大。从一位行者到正式引渡出家，受十戒成为息恶行慈的小沙弥，20岁再受具足戒，履行繁复的佛门仪式，成为合格的僧人。

郑善果慧眼识他，经过官府的考核，从此有了国家赐予的合法僧籍。

玄奘是一位佛门中的冒险者。沉静的性格使他在15岁就拥有超强的领悟力和记忆力。就像他小时对父亲连番的追问，好奇和探知的欲望，让他瞒着自己的二哥，不顾寺庙条令的管束，偷偷与商人离开成都，游历荆州、苏州、扬州。

他的目标是长安！

大觉寺中的几次没有定论的辩论，并不能回答26岁的玄奘太多的好奇和疑问。长安城中来来往往的西域佛僧，在每次交谈之后，总能带给他别样的智慧。那位跟随唐使来到长安，名叫波颇的中印度高僧，是那烂陀寺戒贤法师的弟子。

每当他悠悠地回忆，那烂陀寺的众僧论学的氛围，玄奘就十分向往。

相比只是追求个人免灾免难的小乘佛法，自利利他，普度众生的大乘佛法更加吸引他。他的心中不再是浮游小舟，而是拯救众生的“诺亚方舟”。

那里会有我要找寻的答案么？

当凉州新任都督李大亮发现玄奘没有获得朝廷审批的“过所”，竟然私自出国，就立即对他进行抓捕。

唐太宗没有批准玄奘出国西行的申请，那是大唐初年最敏感的时期。国家还没有走上正轨，战乱还未完全平息。突厥汗国在西北蠢蠢欲动、不断骚扰大唐边界。内忧外患的格局，以及可能遭致的内外勾结的危险，使这位大唐新主不得不严控西行出国的名额。

玄奘最终在信奉佛教的瓜州小吏的帮助下逃过追捕。一个叫石槃陀的西域胡人提出跟着玄奘西行的愿望，没想到才走了不久这位胡人就改变了主意，半夜磨刀霍霍，玄奘差点死于刀下，不得不立下重誓，一旦他日被捕，绝不说出他曾经帮助自己逃逸。

有人说，石槃陀摇身一变就是几百年后的孙悟空。孙悟空和师父若即若离、时常翻脸的微妙关系，就是石槃陀与玄奘的最真实写照。

除了一望无垠的土黄和毒辣辣的太阳，没有其他的色彩。

热汗淋漓、口干起泡，在飞鸟不渡的沙漠中踽踽独行，夜晚漫天繁星和不知何处是边际的迷茫，使玄奘在极度的寂静中再三回味佛法的要义。

崇奉佛教的高昌国国王迎接了玄奘的到来，他以无比的真诚试图打动这位佛陀的信徒，常留在他的国度，允许他供奉终身。

然而，他被拒绝了。从哀求到相劝，到声色俱厉、愤怒的恐吓，无所不用其极，这个和尚依然不为之所动。国王觉得自己的权威受到了挑战，这个和尚竟然以绝食来对抗，他的嘴中总是说，自己的愿望是希望大唐的甘露不独洒于西土。国王妥协了，当他看到和尚已近乎奄奄一息的身体。

玄奘在盛大的仪式中为高昌国讲解了仁王般若经，这是为苍生国运祈祷的最高经典。国王虔诚地跪在座前，身当台蹬，让玄奘登上法座！他希望玄奘的声声讲解能赐福于高昌，使他的国家和子民永享安康！

西突厥的贼寇瓜分了玄奘一行的财物，高昌国王遣派的同伴饿死在路上。

玄奘带着高昌国王为他写的介绍信来到了西突厥的领地。

这里的人都相信光明和火是最神圣之物和最终极的幸福。

统叶护可汗在听了玄奘的讲经之后，极力劝说这位来自大唐尊贵的客人不要去那酷热之地，然而最后仍然不得不送走玄奘，并派遣了通晓汉语和西域各国语言的侍从。

玄奘继续向那烂陀寺的方向前行。

经过沙罗迦，又参拜了所有佛经本生故事中的那些圣迹。

一路上凶险万分，终于来到中国城——那仆底国。

曲女城东南，两岸有着茂密的树林。忽然出现十余只船，盗贼很快将玄奘一行团团围住。他们几乎抢夺了所有的财物，他们信奉印度教的降魔女神——突迦天神。每年的中秋，他们必须要杀死一个美俊健硕的人，并用他的血肉来祭祀神灵。

今年，他们看上了玄奘。于是，他们命人褪去玄奘的衣衫，在平台上搭建起临时的祭台，玄奘被捆绑在祭台的中央。

他们狂野的欢呼声，令玄奘的随从感到无比的恐惧。那些随从不断向他们祈求，有人甚至希望用自己的血肉来代替玄奘。然而，这些已经异常兴奋的盗贼完全置若罔闻。

在屠刀即将举起的刹那，玄奘请求能否多给他一些时间安静欢喜地死去。也许是佛陀保佑，这群杀红眼的盗贼竟然同意了。玄奘深知自己大限已近，他不知道佛祖是否在这场灾难中别有安排。他不想再猜测下去。

礼拜了十方佛，他凝神冥想，自己的魂灵仿似飞跃至高远的须弥山顶。那是佛祖所在的圣洁之地。穿越了欲望界第一、二、三天，到达欲望界第四天兜率天弥勒菩萨的金座前。玄奘心念弥勒佛，渴望往生弥勒净土。

此时，天色异变，黑云压顶，狂风四起，随从们恐吓盗贼，这是佛祖显灵要降罪于这些杀害大唐高僧的恶人。当玄奘睁开双眼之时，这些贼人早已叩首在地，祈求得到宽恕。

玄奘双手合十、口念阿弥陀佛，开始向贼人度法。他愈加明白佛祖每一次灾难的安排总是别有深意。

玄奘西行回到长安，常常想起舍卫国。他缓缓轻踏的足迹仿佛在千年的历史中走了一遭。这样的巡礼让他无法不感到荣幸。

释迦菩萨化为白象，进入摩耶的腹中，佛就此诞生。然而，释迦佛自幼丧母，由大爱道夫人抚养成人。佛成道之后，夫人要求出家。为了感谢这位一心向佛的夫人的恩德，僧团中，除了男性比丘尼之外，增加了女性比丘尼的身影。

城南的孤独园，成为讲经说法的精舍。玄奘看着已破败不已的园子，他有些难过。据说，释迦佛为太子之时，出东门遇到老人，出南门遇到病者，出西门遇到死去的人，出北门则遇到沙门。兜兜转转中，太子竟然感受到老病死的苦楚，于是看破红尘、舍俗出道，半夜就离开了他的国家。佛最后在拘尸那羯罗国那棵高大的菩提树下涅槃。

玄奘在那些古老的建筑遗址中努力搜寻那些佛经中熟悉的画面。当呆板的文字幻化为一幅幅生动的画面，他觉得自己离佛的心更近了！

在遥远的吠舍厘国——佛门的又一圣地，玄奘参拜了毗摩罗诘的故居。

他不知道几十年后，有一位非主流的大唐诗人，因为实在太喜欢这位在家居士，竟然给自己取字为摩诘。

这位大诗人就是王维。

毗摩罗诘也是非主流的佛门中人。他精通佛理，但又在家享尽世俗的荣华。他仿佛是矛盾的结合体，但相反的两种东西，他却觉得异常和谐。

他既满足自己所有的欲望，又大慈大悲混迹于世救苦救难。人们说，他是为普度众生而自甘于风尘。因此，他是洁净的！王维愿做那样不一般洁净之人，以出世之心而入世地活着！

玄奘虽然敬佩这位在家居士，他却更愿意选择另一条路。

恒河的沙，恒河的水，似乎到处都是佛的智慧的寄寓。

释迦佛在涅槃之前曾经来过他长久生活过的古国摩揭陀。

佛祖站在一块大石头上眼神深邃地望着这座城市，预言说，100年后，统治世界的阿育王将在这里建立他的都城。他将保护佛法僧三宝，并且降服鬼神！于是，留下一双光芒四射、有着千辐轮相的脚印远去！

玄奘抚摸这双佛迹，心情久久不能平静。

佛祖出家后，希望在苦行中领悟真谛，身着鹿皮、树皮，终日睡在动物的粪便上，每七天才进食一次，六年时间虽形销骨立却依旧困惑难明。

于是放弃苦行，沐浴洁净自己的身体，并接受牧羊女送来的奶粥，冥想了七天七夜，终于在菩提树下悟得真谛。

这棵充满智慧的菩提树，玄奘徘徊不愿离去。

随行的人看出了他眼中的忧伤。

那烂陀寺用隆重的仪式欢迎了这位贵客。那是印度佛法的最高学府。

玄奘得到了极高的待遇，相当于拿到了最高级别的奖学金。

除了每日拨给的日用之外，还为他配备了处理杂务的侍从。

玄奘在宽阔静穆的校园中度过了五年的光阴。

他用印度最高的礼节拜戒贤法师为师，他的膝盖和手肘着地，头顶着法师的足部行礼。佛法的要义在玄奘的心中已十分明晰，他在无数次的辩论会上，以极强的思辨能力，屡战屡胜！他成为那烂陀寺最为人所注目的学生。

他用日记写下了在那烂陀寺的生活，他不知道，一千多年以后，在伊斯兰教王穆罕默德征服了摩揭陀国，毁灭了这座学府之

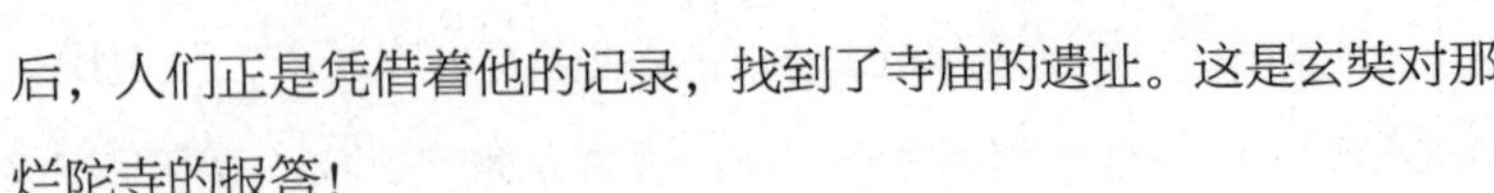

后，人们正是凭借着他的记录，找到了寺庙的遗址。这是玄奘对那烂陀寺的报答！

贞观十年玄奘离开那烂陀寺，到印度各地访师参学后，写下佛家著作《会宗经》、《制恶见论》、《三身论》，受到戒旺优渥礼遇，在曲女城召开由五印18个国王，3000个大小秉佛教学者，2000多名外道参加的佛学辩论大会玄奘任人问难，但无一人能予诘难，一时名震五印，被大乘尊为“大乘天”。

离开长安十九年的玄奘荣归，李世民在二月初一，终于见到了这位高僧！玄奘为当时私自出国并逃逸的事实向李世民请罪。

李世民崇敬这位在险山恶水中坚持西行的僧人，他原谅了和尚的过错，急着询问他一路上的见闻——那是史书中从来没有记述过的风土人情！

李世民希望他能还俗做公卿，然而玄奘却希望终老于寺院，用毕生的精力翻译那些从远方带回来的经文。

李世民和玄奘似乎一见如故，临死之前，还派人将玄奘接到寝宫，听他讲说佛法。玄奘希望他的努力能使李唐崇奉佛法。李世民的儿子遵从了父亲的遗愿，礼遇玄奘。所以，当玄奘提出想要在寺南修建一座石塔保存经卷佛像，他允诺了！他没有想到这位53岁的高僧背着竹筐，亲自运送砖石。

那座塔从此成为长安最名胜之地，它就是大雁塔。以至科考放榜后，朝廷以雁塔留名的方式来表彰莘莘学子。

玄奘63岁的时候，他从印度回到长安已有24年。

他预感到自己将要离去，于是右手支头，左手平放身体左侧，将双腿伸展并交叠，向右边侧卧，不再进餐。据说，那是佛涅槃的姿势。

他的弟子问：和尚能往生弥勒净土么？玄奘气若游丝却坚定地回答：是的。

玄奘涅槃，大师逝去。

长安城无数的人都来为他送葬，他们或同为佛门信徒，他们或为大师精诚于佛法而感动。

在玄奘的心底，一定了无尘滓，当脑海里只有“穿越”这个词语的时候，成功即如眼前之物，唾手可得。但是我们大多数人，在知道了当下险境，难免会滋生出怀疑与担忧，失败后种种不堪的猜想，噬咬着我们那可怜的灵魂，使我们远离了平静，成功便如不可逾越的高山，仅就山的气势便足以让我们瑟瑟发抖、如履薄冰！

但是这所谓的尘滓、所谓的险境又何尝不是你的一相情愿？对生命的焦虑，如一条水草缠绕着我们的双足，那是多么无力的挣扎。对自我认知的绝对自信，对现实结果的恐惧，如同捆绑在内心深处的枷锁，当你试着挣脱的时候，总有个魔鬼小声地耳语，真正桎梏我们的不是那外在有形的限制，而是宇宙之外的另一个自己，那个充满自我批判、充满自我怀疑的影子对手，即使面对唾手可得的成功，也只能扼腕于擦肩而过的幸福！

寻找那击败自己的对手，何须远足？

当镣铐的叮当声渐渐模糊，停下匆忙的脚步，听到最真实却被遗弃的自我？

告别那灰色的阳光，抹去飘浮在内心上空的阴霾。

如果你确信海底的旋涡仍旧有着席卷自我、令人恐惧的力量，确信自己的卑微与纤弱，那么请些许挪出时间和空间，聆听来自大唐高僧的独行之声，也许会让你在黑暗中最终抓住冰冷的镣铐，用火红的铁锤，给予猛烈的碰撞，虽然有些疼痛，却能让你以更快的速度奔跑……攀越远山丛林，我们透支着双腿的力量；穿梭于匆忙的人群，我们透支着畅快的呼吸；我们急于表达，我们急于施舍，急于艳羡对面山上幸福的模糊剪影……

信仰，是快乐珍贵的源泉，它的力量，是绝对值无限增大的变量！

向来受尽千般苦，今日荣华喜道成。行到月边天上寺，白云相伴两三僧。

最忠诚的信徒将获得佛祖的庇佑，因为他们用生命对佛祖进行最高的礼忏。

风一样的人——王梵志·吾富有钱时

吾富有钱时，妇儿看我好。

吾若脱衣裳，与吾叠袍袄。

吾出经求去，送吾即上道。

将钱入舍来，见吾满面笑。

绕吾白鸽旋，恰似鹦鹉鸟。

邂逅暂时贫，看吾即貌哨。

人有七贫时，七富还相报。

图财不顾人，且看来时道。

崇奉佛教的日本人，对佛僧有着无比强烈的兴趣。

当他们看到王梵志的故事时，提出了一个假想。

在这个假想中，他们说王梵志是古人杜撰出来的僧人。

隋末唐初那个动荡的岁月中，根本不存在一个叫王梵志的僧人。

敦煌再次盛装出现在人们面前，时间已过了好几十年。

19世纪末那位王道士无意间在敦煌壁画后发现洞穴，顿时红了英国人、法国人的眼，他们用各种方式，包括编造出来的各种谎言，讨好这位看守者，并以低廉的价格从他手中攫取了一卷卷唐代民间抄写的文字。

伯希和、斯坦因所劫掠的抄本中，有署名王梵志的诗卷。它们被放置于遥远国度的博物馆中展览。国人把它们一批批复制归国时，人们相信在隋末唐初的确有一位叫王梵志的僧人曾经在世上留下他的足迹。

他的出生是一个传说。黎阳城东，住着一户名叫王德祖的人家。

青青园中有一棵林檎树，王德祖常常在这棵树下徘徊，年近不惑的他至今膝下无儿无女，他不知道这是不是上辈子自己做错了什么事，以至于老天要以断子绝孙来惩罚他。

他相信佛家常常说的因果报应。

有一天，他忽然发现这棵慢悠悠长高长大的林檎树有了些变化。大树的腰部出现了一个像肿瘤一样的树疙瘩。原本并不为意的他没想到三年后，就是这个树疙瘩给了他一个天大的惊喜。三年后，大树肿瘤溃烂，正在汲水的他隐约听到婴儿的哭声，当他判断这婴儿的哭声从大树中传来，并一层层剥开之时，简直不敢相信自己的眼睛。里面是一个活生生的婴儿。

王德祖抱起婴儿，他仰望着眼前这棵大树，无法抑制内心的欢喜，他觉得这是棵灵树，被他长久的呼唤和无来由的思考所感动，所以赐予他一个麟儿，他相信这也许是佛祖的恩德，所以当孩子七岁时，望着父亲的脸，问：究竟是谁生育了我，我该有个什么样的名字？

王德祖具实以告：你是在院中那棵大树中得来的，这是来自上天的赐予，所以取名叫王梵天。

王梵天渐渐长大了，七岁就能作诗讽人。王梵天娶妻了，王梵天生子了，王德祖去世了，日子就这样在春来秋去中缓缓流逝，他改名为梵志。

人们对这位有时疯疯癫癫却经常语出惊人的人，早已习以为常。生活毕竟是生活，性格再独特的人在“活下去”的诉求面前，总是要有些妥协。

于是，王梵志做农活了，他在田间地里穿梭，农闲时，他又变身为商人，谈成一笔又一笔的买卖。他也想过做官，于是他当了监铸官。他结交了各种身份的朋友，富人、穷人都在此列，他经常拿出自己的俸禄去资助他们，每当这时，他都觉得好伟大，有时甚至觉得自己就是春秋战国时代的孟尝君。

可是，有时他又觉得自己比孟尝君惨。尤其是看到恶妻和不孝子女的时候。他更觉得自己以孟尝君自诩简直是天大的笑话，那时，他觉得自己也许像战国时代的苏秦。

这位游走在各国之间的说客，在经过自己家乡洛阳时，父母忙得不亦乐乎，街道上歌舞升平，摆满酒席。妻子不敢正眼看他，暗地里察言观色，生怕惹他不高兴。嫂嫂更是奇怪，像蛇一样磕头伏

地，跪拜谢罪。贫穷时，连父母都不当他是亲生儿子，富贵时，就是亲戚都畏惧他，忍不住一阵慨叹：人生在世，富贵权势，如何能忽视啊！

王梵志觉得自己和苏秦太像了，富贵有钱的时候，妻儿对自己那是无微不至的关怀啊。自己脱衣服时，妻子连忙上前将衣衫叠好。要外出经商了，妻子送别，泣泪涟涟，好像有多么不舍的样子。经商归家啦，带回来大把大把的银子，妻子眉开眼笑。围绕在自己的身边，像一只美丽的白鸽，唧唧喳喳地嘘寒问暖，像一只灵慧的鹦鹉鸟。

王梵志看在眼里，心里忍不住发笑。

想当初，刚刚嫁给自己的时候，哪里是这番光景，从来未给过什么好脸色，更不要说殷勤左右了。女人就是这么势利！王梵志觉得那些渐渐贫困的家庭，未必都是男人的问题。

那些慵懒的妇人才是罪魁祸首！没事闲坐，镇日里吃饱了，东家长西家短，嘴不停歇地唠嗑！生了大堆儿子，料理家务一边儿去，喝起酒来，五个男子也不敌。

王梵志觉得这种好吃懒做的女人有什么资格指责丈夫，有什么资格抱怨家中的贫困，家中贫困还不是她们造成的。

再看看那些懦弱的丈夫，父母含辛茹苦拉扯长大，娶了妻，忘了娘，竟然嫌弃母亲长相丑，爹娘的话从来不仔细琢磨，对妇人却是言听计从。

从来到这世上，就是只见母怜儿，不见儿怜母。

王梵志是人群中的孤鹤，他的怪僻总是遭到人们的非议。

久了，大家都觉得他神经有问题。

可是他觉得自己特别正常。

脚袜，正面外层光滑好看，反面内层制作粗糙，扬美隐恶，人们当然要将那好看的一面示人。然而，这位王梵志偏偏不那样做。他非得要将粗糙内里翻转穿在外，街坊看到，笑得不行，说“你这是穿错了吧，笨成这样呢！”

妻子看到，骂得不行，觉得真够给家人丢脸的。

王梵志左耳进右耳出，人皆道错，他并不觉得错。

他觉得这世界上许多所谓的对和所谓的错，不是什么绝对的真理，不过是多数人这么说了，剩下的人鹦鹉学舌，也这么说罢了。

他宁愿让别人看着不惯，宁愿被人笑话，也不愿穿着粗糙一面的袜子，让自己不舒服。

规则是什么，约定俗成就天经地义么？

王梵志用他的行为破坏所谓的规则却乐得其所。

香港的电影节曾播放过一则名叫uaffic lights的短片。

小镇上无所事事的警员小哥，在单程桥上设置交通灯，将原本习惯谦让的人们放置于规则之中，却破坏了原本的和谐，麻烦不断。众人被关进看守所，经过一夜的规则教化：跟随着警员不断重复地念“green go，red stop”，终于将规则彻底植入众人的大脑。

于是，人们随着红绿灯的变换而决定着前进或停止，正当警员意气风发站在桥边，对自己卓有成效的工作沾沾自喜之时，一阵大风将警帽吹到了桥上，他追赶着……怎料恰好一辆卡车经过，被洗脑后的女子只注意到交通灯的变化，却全然未曾看到在桥中间拾帽的警员，于是，悲剧发生。

短片的最后，重新回到影片开头，即牧师带领着众人凭吊的一幕。

众人依旧根据交通灯的变换来决定go或stop，极具讽刺意义。

被规则异化的人们，不再将人看做第一思考对象。

那样的规则，什么都不是！

王梵志出家了。

五十多岁的他，终于皈依佛门。

这个街坊四邻眼中的怪僻之人，找到了自己的栖身之所。

这个像风一样的僧人，并不安分地待在山中，在出世的寺庙中，有着入世的眼，在入世的街巷中，有着出世的心。

他宁愿走街串巷，也不愿宁静地吃斋念佛。

因为，他知道寺庙中充斥着混吃混喝的人。

梵志最看不惯寺庙中那些个僧人尼姑，装模作样地混在其中，披着出家人的外表，内里却是彻彻底底的小市民，浑身上下都是自私的毛病。只顾自己在寺中吃饱喝足，不管父母家中贫。每日到斋家蹭饭，礼七拜佛，吃得是肥头凸肚。手里拿着佛珠，大腹便便，胸无一物。富人面前拼命献殷勤，穷人面前无相过问。只要能赚得财富，什么事都可以去做。

那些道观中的女冠也是她们的同类。镇日里打扮得花枝招展，穿着华丽的长裙，穿梭于世人之中。哪里管父母的死活。

王梵志走街串巷，看惯了这人间乱象。

有时他不像一位僧人，反倒像一个劝世者。

养儿不能防老的事情见多了，他就忍不住告诉一位拼命生孩子的贫穷妇人，少生就少却许多烦恼，看看那个穷汉村：穷汉生一群，身上无衣着，长头草里蹲。长大充兵夫，未解起家门。今朝不知明朝，这是没弄清大皮裹大树，小皮裹小木的道理。生儿子不用多，一个足矣，多了兄弟之间分夺财产。

您就等着到时累死累活劝架吧！

诸行无常，诸法无我，一切皆苦。

人生有一苦、二苦、三苦乃至无量之苦，最苦莫过于生老病死四苦。

梵志在苦水里长大，他厌烦了这一生的苦，以至于对人们所惧怕的死亡，他也厌烦了。承受太多苦，所以觉得死并不算什么，所以竟能乐呵呵地看待这最后的归宿。

所以，他有时又劝告世人，不如及时行乐！穷死不如速死。没钱的时候天天想、天天念，有时实不惜。人生一世，有钱须吃着。那些腰缠万贯之人，却当了守财奴，舍不得吃，舍不得穿，身死后一切交予妻儿，换得那漫天飘荡的纸钱。

独守深泉下，冥冥长夜饥。忆想平生日，悔不着罗衣！

人们在无常的世界中，熙熙攘攘，折腾焦灼，宁愿在喧嚣的人间中死去，也不晓得在佛的身边得到新生，在欲海中沉沦，不知光明在何方？人道生时多快乐，梵志却认为死了倒好。活着的时候为吃喝拉撒发愁，一朝成为死鬼，连锅灶都免了。

他就是这样一个从来不道貌岸然、语出惊人却总是点破事实的怪僻之人。

有许多人说，王梵志——那个疯疯癫癫的和尚，写出了那些顺口溜，竟然被成为诗，真是对诗人的侮辱啊！

诗，原来在他们的心中是装出来、精心打扮出来的东西！

人们受不了他的真实，受不了他冷眼旁观的样子，他的热心肠在诗中留下无数蛛丝马迹，若不卸下那些伪装的臭皮囊，不拿出那些平常不敢示人的真心，绝对看不出！

来如尘起，去如一阵风。来去无形影，变见极。不见无常急，业道自迎君。何处有真实，还凑入冥空。

他就是这样一位像风一样的怪僻之人！

他的成名史——寒山·庄子说送终

庄子说送终，天地为棺椁。吾归此有时，唯须一番箔。

死将喂青蝇，吊不劳白鹤。饿着首阳山，生廉死亦乐。

公元八世纪初，浙东天台山。

有一位疯汉隐居在这里。人们不知道他真实的名字。

因住在天台始兴县的寒岩，所以他以“寒山”之名示人。

他身披破衣，在天台国清寺游荡，山间笑声的回音震得云朵都为之荡漾。人们经常见到他和寺里的伙夫拾得和尚耍嘴皮。那个不拘小节的家伙是他最相契的朋友。

他问拾得：“世间谤我、欺我、辱我、笑我、轻我、贱我、恶我、骗我，如何处治乎？”拾得云：“只是忍他、让他、由他、避他、耐他、敬他、不要理他、再待几年你且看他。”

袒胸露腹、谈笑风生，赤膊蓬头小道，身穿衲搭破袄。嘻嘻拥

帚前行，不觉烟尘尽扫。那是他们留在世人脑海中最深刻的印象。

人们在浩如烟海的资料中搜寻，推测出寒山原本出身于富贵之家。

他和唐代许多声名远播的文人墨客一样有着一段并不顺畅的科考人生。

他笔下生风，书法颇具个性，他妙笔生花，佳作常流笔尖。

然而，他的相貌却委实不敢恭维，在讲究“身言书判”的大唐，那是仕进之路的绊脚石！混迹京师数载，屡考屡败，从富儿变贫士，浪行朱雀街，踏破皮鞋底。他仿佛就这样被科举抛弃了，于是，他也抛弃了它，于是，他选择了流浪，一走了之，隐居山中。

诗穷而后工——穷途末路，愁苦潦倒，常常逼迫出那些对世界深刻的思考，从而出现那些惊天地、泣鬼神的诗句。大多数的人不会选择放弃——他们在穷途中挣扎守候，在滚滚红尘中跌宕起伏，笔下的文字偶尔带给自己生的慰藉。

他选择了放弃——在京城中见惯了大富大贵、大悲大喜，那些极致的荣耀显赫与极致的沉沦悲凄，让他完成了一次自我修炼。

从此，鞋儿破、帽儿破地逍遥自在去了。人们经常在岩石或树叶上发现他的题诗。后世传说，他是智慧的法王子——文殊师利的化身。以肉眼凡胎难识的普通人的形象行走周游，摄化有缘人，随机说法，普度众生。

一千多年过去，遥远的大洋彼岸。

第二次世界大战之后，最终的胜利并不能抚平人们内心的创伤。

目经种种人生惨剧的年轻人，在颓唐悲伤的社会氛围中，对之前所认同的价值和意义的追寻，显得有些意兴阑珊。

他们被称为Beat Generation，意思是垮掉的一代、疲惫的一代。

他们掀起了一场以禅宗、致幻剂、摇滚和性解放为主题的运动，他们玩世不恭、他们崇奉自由主义，他们笔下的文字往往背叛传统的结构和写法，他们讽刺那些在主流价值观念中挣扎的人们："数百万人毫无休止地为了生存而四处奔波，像一场噩梦——掠夺、攫取、失去、叹息、死亡，只有这样他们才能在长岛外面的那些城市里为自己争得一块墓地"。

他们蔑视世俗的权威和所谓的规则，于是，他们将来自中国大唐且就为人所忽略的寒山奉为偶像。被美国人翻译后的寒山诗成为冷战期间的畅销书。他的放荡不羁、他的恣肆嘲讽、他的特立独行，被大洋彼岸的那群人奉若神灵。

20世纪70年代在美国留学的钟玲告诉我们，"若是你漫步于那几间美国名大学的校园里，例如加州大学、威斯康辛大学，遇见那些蓄了长发、光着脚、挂着耳环（男的或女的）满街跑的学生，不妨问一问他们有没有读过寒山的诗，十个有五个会告诉你他们很崇拜这位中国诗人寒山。"

"Why？Because he is Beatman!"

看破生死，近在咫尺。

寒山，有时俨然就是庄子的魂灵附身。

庄子的妻子离世，他的朋友惠子来吊唁。

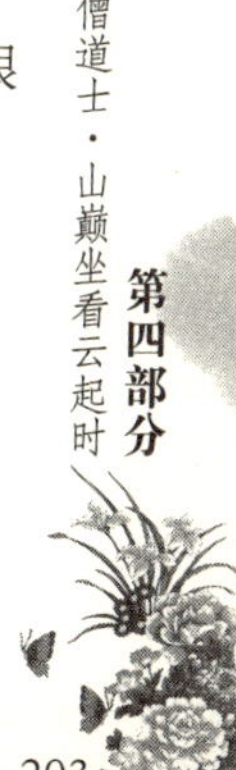

庄子竟然正坐在地上，潇潇洒洒地鼓盆而歌。

惠子简直不敢相信自己的眼睛——

他的朋友庄子常常说出匪夷所思、让他气闷不已的话。

责骂他说："她与你生活了那么久，一家老小都是人家来照顾。如今，去世了，你不哭也就算了，竟然还打鼓唱歌，简直太过分了！"

庄子慢悠悠地说："她刚离世的那会儿，我还真是特别难过。不过，她死后我仿佛也看透了生死。生死原本就是人所必经，生死之间也只不过是变了一种形式存在于世界上，她其实并未离我远去，仍然安睡于这广袤的天地之间！生为徭役、死为休息，她辛苦了大半生，终于可以安息，我为何要苦苦哀泣呢！"

惠子无语了……

寒山认为生与死如同冰和水，水会凝结成冰，冰会融化为水。水死冰生，冰死水生，冰水不相伤，生死都是美好的事情。

他每每想到庄子与惠子之间的对话，都感觉有些意犹未尽。

庄子把天地当成棺椁，固然是够豪迈、够超脱了，可是在他看来，庄子的道行还是低了。

他自己要是去世，连这天地之棺椁也不要了，让青蝇把自己的尸体吃光，更不用劳驾白鹤来吊丧。这才是走得干干净净，死得其所！

看看那些不能舍弃流俗，昨吊徐五死，今送刘三葬。终日不得闲，每天都过得凄凄怆怆，有什意思！

庄子无语了……

死亡，像一个幽灵存在于人们的内心，它不时地通过各种形式提醒我们直面生命终结的宿命。李白在镜中蓦然发现自己华发皓然之时，夸张地惊呼其为三千丈愁丝。

面对痛苦、超越生命：人们试图用他们的智慧重新诠释死亡，赋予生命本身以更多的遂顺与安康。

孔子游泰山之时，遇见穿着粗劣的荣启期正鼓琴而歌，孔子问：“先生为什么这样快乐呢？”荣启期回答说：“生命短暂之甚者，乃死于母亲腹里或襁褓之中，我却能够活到九十岁，难道不值得快乐吗？死亡是人生终结的必然，处常得终，当何忧哉？”

孔子路遇年近百岁的林类，此时他正在田里边唱歌边捡拾稻穗，学生子贡对林类“死期将至”却“乐而拾穗行歌”感到疑惑不已。林类笑着说：“于我而言，死亡是快乐之事，人们却往往为之忧愁。”又说：“生死轮回之间，彼此难分，虽然死在这个世界，也许又会在另一个世界获得重生呢。执著地谋求生存说不定正是另一种迷惑啊，你怎么知道死亡不比活着更好呢！”

面对瞬息将至的死亡，两位老人所持的理由虽然不一，但都选择了坦然面对。也只有摆脱了对余生的无限贪求，人才能轻松地享受生命。

子贡对学习感到厌倦，向老师抱怨道：“我好想休息啊！”孔子回答说“生无所息”，只要一息尚存，便必定要无休止地奔波烦累，死亡才能最终给我们带来安宁与寂静。

然而人们却只片面地认为活着是好事，死亡是恶事，而不知人生是痛苦的旅程，死亡是安逸的休息。过分的妄想和贪欲只能为短暂的生命施加不可承受的重担，对死亡日复一日的焦灼反而会使我们陷入更加阴郁的泥潭，迷失自我，忽略此间的美好，消解生命本真的意义。

寒山用他特立独行的装扮和令人感觉莫名其妙的言语，证明了这个世界上有许多主流的价值观并不经起推敲。

人们偶然在山石上读到他无意中写下的那些怪胎诗篇，或者鄙夷，或者不屑一顾，或者火冒三丈。可怜之人必有可恨之处，可恨之人必有可笑之处。

城中蛾眉女，珠佩何珊珊。鹦鹉花前弄，琵琶月下弹。

长歌三日响，短舞万人看。未必长如此，芙蓉不耐寒。

玉堂挂珠帘，中有婵娟子。其貌胜神仙，容华若桃李。

东家春雾合，西舍秋风起。更过三十年，还成甘蔗滓。

再过妖娆倾城的美丽，都无法与岁月对抗。为了迟早都会变为过往云烟的美丽而陶醉得意，实在是可怜又可笑！

再看世间追名逐利之人，整日里为名利绞尽脑汁，做梦都想荣华富贵。寒山觉得，这些人是真没看透生死，七十年后，冰消瓦解至。谁人承后嗣！不行真正道，随邪号行婆。口惭神佛少，心怀嫉妒多。背后噇鱼肉，人前念佛陀。如此修身处，应难避奈河。表里不一、佛口蛇心的骗子神棍，最终也逃不出地狱的折磨。

寒山和拾得都不明白，为什么人们偏偏要吃肉。猪吃死人肉，人吃死猪肠。猪不嫌人臭，人返道猪香。猪死抛水内，人死掘土藏。彼此莫相啖，莲花生沸汤。但世间之人，大多无肉不欢。昨日设个斋，今日就宰杀六畜。

一度造天堂，百度造地狱，有几个人能醒悟呢？

鸡同鸭讲，对牛弹琴，原本就是徒劳无功。

书生携仆至太行山，仆人将道上的碑文误读为“太形山”。书生大笑说：“杭也，非形也。”仆人固执地与之争辩，说：“若在前面遇到有学识者，我们请他来做评判，输者要罚一贯钱！”行至数里，见一学究正教授童子，书生上前告以其故，并问询之。学究答曰：“太形也。”于是，仆人大笑，并讨要书生所负之钱。

书生不得已只好给他，却始终耿耿于怀，刚离开数十步便返回质问学究何至于错谬如是。学究回答说：“宁可使公负失一贯钱，教他俗子终生不识太行山。”虽然丢失了一贯钱，却让此俗人终身不知道那个字的读法，岂不快哉！

仆人的欢天喜地，书生的无可奈何，学究的得意心机瞬间跃然纸上。

后来，明代有一个叫袁宏道的人，曾引用此文以慰藉友朋陈山人。陈山人游迹于市廛，却喜画山水，有人嘲笑说：“他哪里是真能嗜山水者！”又说：“古之嗜山水者，居于山间，鹿豕与游，身披松萝而啖芝术，今所谓的山人，大多住在市井之中，至于风景名胜、名山大川，不过是看看而已。”袁宏道对此不以为然。

颇为幽默地驳斥他们说：“孔子曾说知者乐水，照此论推之，生活在水中的鱼鳖则是当之无愧的智者啰！真正精通音律者不弦而歌，懂得喝酒的人决不会酩酊大醉，真正嗜山水者不会岩栖而谷饮。只要胸中存有足与山水匹敌的浩然之气，纵然终身不遇，而精神未尝不往来啊。”

对于那些将山色湖光尽藏于胸之人，山水之美信手拈来，书史亦山水，诗酒亦山水，花月亦山水，心中自有春花春月，则春意无处不在!这种与山水交合往来的真性灵，真是未可与俗人言！

陈山人对于那些俗论大可不必理会，对牛弹琴只能换来捶胸顿足的懊恼，就好像笑话中的书生与无知仆人的一番争辩，最终却是赔了夫人又折兵！

那位作为评判的学究——虽然"教他俗子终生不识太行山"的心机颇有恶毒之嫌，但诚如此言，生活中并非凡事必与人一较短长，一比高下，有时面对那些价值观与己完全相异之人，与其苦苦争辩、徒增烦恼，何若云淡风轻、一笑了之！

然而，寒山身上似乎背负了某种劝世使命！

寒山成名了！但不是在大唐。

在大唐，他常常笑谈，人们读不懂他的诗。

尽管那些诗近乎口语和白话！

多少天台人，不识寒山子。莫知真意度，唤作闲言语。

下愚读我诗，不解却嗤诮。中庸读我诗，思量云甚要。

上贤读我诗，把着满面笑。杨修见妇幼，一览便知妙。

不同的眼睛自然看出不同的风景！

两百多年以后，天台山来了一位日本人。

当他从国清寺僧禹硅那里得到《寒山子诗一帖》之后，惊叹在大唐此地竟然有这样一位行事颇为怪异的和尚。他命弟子将寒山诗带回了日本，也带回了关于他的种种传奇故事。八百多年以后，追求个性解放的日本戏剧的舞台上，有更多的人知道了大唐的寒山与拾得。

他们的诗，他们的种种有趣事件，几乎家喻户晓、妇孺皆知。

写出了《罗生门》的大作家芥川龙之介——不知道自己和寒山、拾得前世今生有着怎样的缘分。拜见恩师的途中，电车上看到寒山、拾得的身影；漫步于东京日比谷公园，“路的前方有两个男子，正轻轻挥动着竹帚，清扫日间飘落地上的梧桐落叶。无论从鸟窝一般的乱发来看，还是几乎不能蔽体的灰色破衣衫，抑或是与兽爪难以区分的长指甲，这两人都不像是公园里的清扫夫。更令人惊讶的是，我停住脚步注目不移那工夫，不知从哪里飞来二三只乌鸦，盘旋飞舞，大大画了个圆弧，嗖地落在这两个正默默挥帚扫地的人肩上、头上。他们依然在清扫将秋意播撒在砂上的梧桐落叶。我缓缓转过身来，衔着熄灭的香烟，循着来时的方向，走在梧桐覆盖的寂寞的小路上。然而，我心中一扫方才的疲劳和倦怠，充满宁静的喜悦和依稀的光明。妄以为他们两人已经物化，不过是可怜的我的玄惑。连寒山、拾得还依然活着。经历了永恒的轮回，今天就在这座公园里清扫梧桐的落叶。只要他们还活着，那令人怀念的古老东洋的秋梦，便不会从东京的街头完全消失。那是使倦于卖文生涯的我复苏的秋梦……”。

寒山、拾得温暖了多少在路上之人的梦。

东京，有一家学校的建校者因为太喜欢寒山、拾得的从容，直接把校名定为“寒山拾得筑地手打荞麦面学会”。

时间，又过了一百年。

寒山、拾得仿佛在周游了一圈之后，又回到了大唐故土。

人们开始收集关于他们的诗、他们的逸闻趣事，人们开始聆听大唐除了李白、杜甫之外，来自天台山的声音。

活在现代社会，深感竞争痛感压力山大的人们，似乎从寒山、拾得的笑世中得到超脱的智慧、勇气和力量。

冷漠和温暖，从来就不是泾渭分明的划分。

温暖并不意味着不冷漠，冷漠也并不意味着不温暖。

冷水浇心，有时是换个角度看世界的必经方式。

从日本到美国，从寂寂的过去到炙手可热的今天，寒山的成名史，意味着冷水浇心是迷乱时代获得幸福的途径！

贪名贪利只因空——贯休·陈情献蜀皇帝

河北江东处处灾，唯闻全蜀勿尘埃。一瓶一钵垂垂老，千水千山得得来。

奈菀幽栖多胜景，巴歈陈贡愧非才。自惭林薮龙钟者，亦得亲登郭隗台。

这个世界上，只要没有什么值得去挂念，人就可以完全的自由自在。

超越五伦，超越生死，超越天地，是获得绝对自由的途径。

所以，儒家说富贵如浮云，佛家讲究四大皆空，道家说无欲则刚。

可是，人的目光往往总是很狭窄，只能看到自己生活的世界。

不会试着把自己还原成：广漠无垠宇宙中的尘埃，亿万年生生不息的泡影，就像沙漠中的一粒沙子，就像大海里的一点水滴，如此，人还能有什么看不开呢？还有什么值得孜孜以求呢？

俗话说，跑得了和尚，跑不了庙。

看来似乎和尚不重要，庙要重要得多。

当贯休在浙江兰溪山村家中诞生时候，响亮的啼声，并没有燃起一家人的希望，反而是添加了母亲的忧愁、父亲的自惭，日子日渐艰难，捉襟见肘，家无斗米储。好在是本地和安寺的圆贞长老看到姜家这孩子，眉清目秀之间定是慧根早种，就收容他到本县和安寺出家。

从此，寺庙成了这个孩子的家，也成了他的身份象征，更成了他一生行为的出发点。庙宇是这个孩子存在的一切理由，人们叫他，也叫小和尚。青灯黄卷，寒来暑往，佛缘就在宿命中被实现。

到了十多岁，落发出家，自然而然就成了一个皈依释迦牟尼的僧人。

这个和尚，心中有佛祖，天花乱坠地讲述着佛法大意，大乘言空，一切如梦幻泡影。佯狂与清醒，实际上都并不重要，关键之处，或许真的在于佛在心中。万事自能随心所欲！

所以他能一只脚，走向佛法的庄严国土，研习诵读《法华经》，一字不漏，领悟到大德高僧们日夜渴求的胜义奥妙。

一只脚踏进诗歌的王国，飞花裁叶与晚唐诗人同台竞技，原来诗歌其实也和佛法一样，需要一种超越技术回归本质的境界。

于是在诗歌世界，他甚至觉得自己，就是一位二八佳人，像摇曳春风中的夭夭桃花。

他在写给友人的诗作中反复咏叹：“有美一人兮，婉如青扬。

识曲别音兮，令姿煌煌。”他还告诉朋友们，自己就像是一位衣着鲜丽的美人，穿着绣袂，手中捧琴，来登君子堂。如果说色即是空，自己可以为一切形态。那么这种超越肉身形态的说法，何尝不是作为诗人贯休的优势。

于是他成了晚唐世界著名的诗僧，写着一首又一首轰动一时的诗篇。

和尚并不是为诗歌而生存，而是为着西方极乐世界的辉煌。

或许那儿其实也并不重要，重要的是佛法言空的一切证明。

寺庙有时可以是没有围墙和形式，也可以是戒备森严的朱墙碧瓦。

读了《法华经》之后，贯休发现自己对佛法的参悟，还需要有种入乎其内出乎其外的体验。当一个人对于生命的真谛还没有一种真切的体验和经历，又怎么能明白宗教所谓的终极关怀。只有从烈火中锻炼一次，方才知道自己是否是真金美玉。

所以青年的贯休，盲目地随众，以为修禅问道，需要身处深山，面壁静心，远离红尘。“休话喧哗事事难，山翁只合住深山。数声清磬是非外，一个闲人天地间。”需要进入滚滚红尘，尝尽人面万千滋味，方才明白生命的超越，感觉彼岸世界的喜乐幸福。在他的眼中，罗汉都可以与众不同。所以他画笔下的罗汉像，散发着桀骜不驯的气质。

于是在某个早上，贯休和尚叩别师傅。

因为他不知道何时能回来，也不知道是否能够回来。

送别，有时其实是一种仪式，总结一段时间自己的感情。

晨光熹微中，古刹沉寂。送别之声穿越竹林，伴随着流水，让远方的游子心头，在黄昏的时候燃起缕缕思乡的苦涩。

向往佛法大意的年轻僧人，脚步自动迈向一座又一座的山头。

拜访一个又一个古刹高僧。

葛藤缠绕之中，希望能有位洞见幽微的高僧，乘船来接引摆渡。

刺破公案语录所造成的迷雾，吹散心灵明镜上的落叶。

从浙江出发，到江西，从江西出发，到湖北，向道之心伴随着体验红尘的欲望。于是，他到万叠仙山中访问有缘之人。到广陌通衢中，拜见大权在握者。其中既有浪漫传说的神奇莫测，也有顷刻就会身首异处的危急。

当他来到浙江时候，早已是诗名响彻东南天地间的著名人物。

更与当地著名诗人吴融唱和往还，诗心就像佛心一样，被清风明月荡涤清静无尘，就像荷花从污泥挺出绿波。明艳如朝霞，灿烂如丽锦，清丽脱俗的气质为人们所口耳相授。

人只要有肉身，就不能超越。

权力的争夺、名利的驱逐，贯休和尚此时也是如此。

他需要清修之地和丰厚供养，他需要体验这些方才知道如何摆脱名利缠身。

野心勃勃的钱氏刚刚获得一场战争的胜利，正是火焰最为欢腾的时候。

贯休和尚为了寺庙，为了自己能是寺庙中的和尚，就献上一首诗歌，称赞钱氏的武功一举平定东南十四州。欲壑难填的钱氏似乎并不满足，拿着手中的刀，告诉这个执拗的和尚：最好能改成四十州。

免得诗歌成谶，自己的儿孙只能守着东南沿海很小的一片国土。

但是和尚认为出家人不打诳语，硬是直着脖子，大步踏出钱氏宫室。

抛弃再次拥有高大庙宇的可能，甩甩袖子就朝着新的旅途前进。

从此餐露饮风，四海漂泊。

没有了修行的寺庙，没有了讲经的坛宇，没有了谈诗的净室，没有了阅经的阁楼。一路西行，跋山涉水。和尚的身份似乎暗示他应该有个修行的场所，所以他的脚步停在了荆州。

因为他有可能获得宏伟的寺庙，成汭正在此处割据。名冠天下的贯休自然也是其笼络对象。只是这个和尚天生就是脖子硬，以为天下之大，只有佛法和诗心，最可尊崇和热爱。除此之外，这世界上就没有值得屈服和热爱的。

所以当成汭让贯休在荆州最好的寺庙中当住持和尚，前提是要为他们的割据歌功颂德，以便招徕四方人才。连父母都可以抛开的僧人，又怎么能屈服于一介武夫的淫威。

就佛教经义而言，这世界上有什么不能追求，又有什么值得真正追求。

自然，没有什么值得放下，也没有什么值得拥有。

有了此信仰，肉躯何尝不是金刚。

这个和尚甚至还当着成汭的一帮手下，公然说自己是弘法之僧，而不是为了世俗政权服务的工具。公开说成汭是暴虐之人，更非仁王能够得天下，庇佑下士。

成汭只是武人，平时就会舞刀弄棒，哪里懂得什么叫佛法无边，只会知道什么叫威权强力。哪管什么弘法传道，老虎从来就不会温柔地哄骗。以为露出尖利的牙齿就会让小白兔全身发抖而等待自己安排。

他不仅是收回了自己许诺的寺庙，更是威胁说把和尚流放到虎豹豺狼出没的边远山区。如果小白兔参阅了佛法就会变成怒发冲冠的雄狮。和尚没有想很多，知道自己需要自由，需要清静心境来镜照佛法无边，如果自己愿意，可以是身着罗裳装扮婀娜少女，但是不能被人逼着，屈辱地面佛诵经。

信仰自然不需要他人来强迫，而是自心虔诚向道不问艰难。

哪怕是茹毛饮血而心向佛法，都可能是修为的一种境界。

但是如果是有人逼着信仰佛法，无论是何等辉煌荣耀，终日面对璎珞金佛，也只是守着臭皮囊的枯木桩，何谈向阳能生新叶。

自不能因为佛法广大而生意欣欣！

成汭咬牙下令将贯休流放到彭水，山高水远，毒蛇猛兽。

然而贯休欢欣地踏上征途，就像笼中的老鹰翱翔在蓝天白云。

用翅膀逗弄着习习凉风，呼啸一声就一头扎进广大天地。

反而是巴山高险之地，往往别有胜境，吸引着浙东而来的高僧。

惊叹造物的宏博奇巧，尤其是壁立千仞之下，往往是江水湍急，激浪滔天。

树上飞来荡去的猿猴，枝头机敏警觉的松鼠，用惊讶的声音表达着对于和尚到来的惊诧和欢欣。

更有此地的王建，此时正在招兵买马，诚邀四方英雄贤能。

一步一步地稳扎稳打，充实自己在蜀中的实力。

对于贯休的到来自然是十分欢迎，胸罗万象方才能君临天下。

著名禅僧的到来无疑意味着百鸟朝凤，开疆拓土定能如愿以偿。

于是，当即之下就派人跋山涉水，将贯休和尚迎接到成都。

此时的锦官城，正是雨洗红花。

受到礼遇的贯休，对比吴越钱氏和荆州成氏，自是有点飘飘然，又开始梦想自己的寺庙。

看来即便是得道高僧，要超越凡俗世界的虚荣和纠葛，也并非是一件容易的事情。或许他是真的得道高僧，参悟了一切有为法。就是梦幻泡影的了然真谛，只要是有助于修行，一切俗世的礼俗未尝不可施行，甚至还可以更加庸俗不堪，于是他就奉上自己的诗作，夸奖王建的为政能力，“河北江东处处灾，唯闻全蜀勿尘埃”。又说“一瓶一钵垂垂老，千水千山得得来”，讲述自己对于王氏长下的蜀地的向往，表达自己来到蜀地投奔王建的欣喜。因为这里“奈菀幽栖多胜景”，“巴歈陈贡愧非才”。最后甚至将自己与燕昭王相联系，说“自惭林薮龙钟者，亦得亲登郭隗台”。

完全没有了佛法弘传，完全没有了老婆心切，似乎有点摇尾乞怜，希望王氏能够提供一座寺庙，让这位老和尚有个落脚的地方。

其实，这才是真正的得道境界，如果一个僧人连红尘都不能直面。

他又怎么能明白超越肉身，超越生死，直至超越佛法的三昧。

更不会明白释迦牟尼在菩提树下，所参悟的是何种生命真谛。

须知他可是在饿得像个骷髅的时候，方才参悟佛法的真谛和要义。

贯休和尚此时经过长久的跋涉，经历过各种生命存留与否的危急。

早已明白有庙其实对于一个僧人的重要性，也知道庙宇对于僧人而言什么也不是，他写给王建的诗歌，何尝不是一种大彻大悟的表现。

只是要明白这种心灵世界，自是需要知音，居然有人嘲笑贯休是奴颜婢膝，却没有知道他心中的超然境界。自是一个得道高僧，知音，千古其一乎！

新诗一千首，古锦初下机，除月与鬼神，别未有人知。

子期去不返，浩浩良可悲。谁知天地间，知音复是谁。

也许六百年后，徐渭梦中的玉通和尚是他的知音。

傲慢、自恃位高权重的府尹柳宣教初来乍到，召见宴请当地各界社会名流。

未曾想这位玉通和尚竟然不给面子，宁愿留在寺里参禅打坐，也不愿掺和这些俗务。府尹嫉恨在心：你要做所谓得道高僧，我偏偏不成全你。

于是，他买通了一位叫红莲的妓女，半夜来到寺庙门前。小沙弥经不起女施主的苦苦哀求，悄悄让她借宿一晚。没想到这位女施主苦心积虑，只为了勾引玉通禅师。半夜来到玉通禅师的禅房，佯装肚子疼，并谎称自己每每肚疼的时候，丈夫都要用自己的肚子温暖，才能不至于疼到昏死过去！

没想到一心助人的禅师竟然破戒了。二十年苦功，一遭被废，当他听说那是柳府尹精心策划的事件之时，愤懑羞愧之下竟然就死去了。

他的冤魂迟迟不肯离去，决定复仇。长大成人之后，为娼为歹，败坏他门风。

你使红莲破我戒，我欠红莲一宿债。我身德行被你亏，你家门风被我坏。他投胎到柳府尹家里，名唤柳翠。从此堕入红尘，久而久之，甚至忘记了自己最真实的身份，最终被明月师兄点化。玉通最初拒绝参与俗事，刻意闭门修炼，反而道行一朝被破。转世投胎，堕入红尘，尝尽人世所有的富贵欢乐、辛酸悲苦，反倒终成得道高僧。

在俗世尘务中浪迹的贯休，也许是玉通和尚的某个前身！

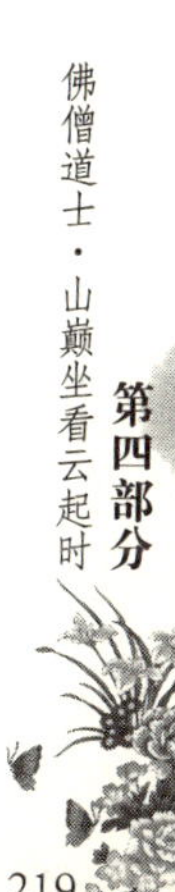

多面的夜叉——卢仝·忆金鹅山沈山人

君爱炼药药欲成，我爱炼骨骨已清。试自比校得仙者。
也应合得天上行。天门九重高崔嵬，清空凿出黄金堆。
夜叉守门昼不启，夜半醮祭夜半开。夜叉喜欢动关锁，
锁声领地生风雷。地上禽兽重血食，性命血化飞黄埃。
太上道君莲花台，九门隔阔安在哉。呜呼沈君大药成，
兼须巧会鬼物情，无求长生丧厥生。

在印度神话中，有一种半神的小精灵。

有人说，他们的父亲是补罗娑底耶，或迦叶波，或补罗诃，他们的父亲是在梵天脚中诞生的儿子。他们的母亲是财神俱毗罗之随从，或为毗湿奴之随从，他们和树木有着与生俱来的亲密，他们的生活充满了欢乐、美酒和音乐。

他们的名字叫夜叉。

当他们渐渐告别神话，当他们成为佛教中天龙八部的八部众的成员，他们不再是那个欢乐的精灵，他们或住在地上，或飞在空中，或以威势恼害人。佛经中说，他们是人间之人幻化而成：多瞋很戾，嗜好酒肉之人而行布施堕地行夜叉，常得种种欢乐、音乐、饮食；刚愎强梁而能布施车马代步堕虚空夜叉，中而有大力，所至如风；妬心好诤而能以好房舍、卧具、衣服、饮食布施故生宫观飞行夜叉，中有种种娱乐便身之物；他们特别能吃，行动如风般敏捷，他们常常被人们称为能啖鬼、捷疾鬼。

他们之中有善类。

他们可以是正法守护神，深心护持不生疲懈，各于晡时往诣佛所顶礼佛足。

他们誓当荷负一切有情为作义利饶益安乐，若有流布此经或复受持药师琉璃光如来名号恭敬供养者，他们愿眷属卫护是人，皆使解脱一切苦难，并满足其所有愿望。他们愿护卫念诵“般若波罗蜜”者。

他们之中有恶类。

他们为害众生，有时充当地狱鬼卒。他们狷狂放逸、夺人精气，有着啖人血肉的可怖形状。令见者大惊惧普皆怖畏，又复能使见者错乱迷醉失守。

在大唐子民的心中，他们形体高大，赤发，目若电光，齿如戟刃，锯牙钩爪。或身着豹皮，或手持利器，面目狰狞可怖；可吐火喷血，飞腾跳跃，有的可疾走如风。有的还可变幻为人形。他们就像佛在舍卫国时的夜叉五头，面黑如墨，而有五眼，钩牙上出，吸人精气，眼赤如血，两耳出脓，鼻中流血。

坊间流传着关于他们的种种传闻。

据说他们可投人胎。

喜欢吃人胎，非人王境界，强士所不制，能令人无子，伤害于胞胎，男女交会时，使其意迷乱，怀孕不成，或歌罗安浮，无子以伤胎，及生时夺命，皆是诸恶鬼。曾有女子数月产一夜叉，长尺余，只好将其丢弃。

渤海张融有一个聪慧过人的孙子，曾以惊人的速度将射出的箭拾回。后来，孙子竟然暴卒。将殡，呼诸沙门烧香，有一胡道人云："君速敛此孙，是罗刹鬼也，当啖害人家。"狼狈阖棺，闻棺中有扑摆声，咸辍悲骇愕，遽送葬埋。

他们有时为作恶多端食人的饿鬼。

一日，南天王提头赖咤请禅师到天宫去奉善，禅师游览后园时，见大铜柱，径数百尺，高千丈，柱有穿孔，左右傍达。或有银铛锁其项，或穿其胸骨者，至有数万头，皆夜叉也。锯牙钩爪，身倍于天人。见禅师到来，叩头说："我因为吃人的原因，被天王所锁。今乞免我。我若得脱之后，但人间求他食，必不敢食人为害。"

其中也有三五个老者，态度十分诚恳。禅师顿生慈悲之心，便答应为其向天王求情。天王告之禅师曰："此诸恶鬼，常害于人，唯食人肉。非诸天防护，世人已为此鬼食尽。此皆大恶鬼，不可以礼待，故锁之。"

禅师又曰："适见三五辈老者，发言颇诚，言但于人间求他食。请免之。若此曾不食人，余者亦可舍也？”

禅师一再相求，于是天王将其释去，但不久，山岳川渎之神忽至。

告天王：“不知何处，忽有四五夜叉到人间，杀人食甚众。不可制，故白之。”禅师方知“小慈是大慈之贼”。

人们相信在与夜叉的战争中取胜的人，将注定大富大贵。

但凡出现那样的征兆，都说明上天赐予了他们无上的神力。

哥舒翰的妻子死了，夜叉带着三个小鬼来吃人尸，几番搏斗，最后被哥舒翰打跑。哥舒翰恍惚中，以为不过是梦境一场。然而，事后竟发现墙上有斑斑血迹。

又过了好多年，哥舒翰显贵，他的神力连夜叉都不得不畏惧。

马燧被人追捕，逃进一所破房子暂时脱险，同时又因胡二姐的帮助，死里逃生，终未能成为夜叉腹中之物，那些追捕他的人反为夜叉所食，裂人马啖食，血肉殆尽。马燧后来屡建功勋，官爵穹崇。

夜叉有时也贪恋人间亲情。他们渴望享受爱和被爱的感觉。

杜万员外的哥哥杜某，赶赴上任的途中，妻子患病，几天之后就不幸离世。

时值盛夏，尸体必须及时埋葬，短时间之内，杜某很难找到棺材盛殓，于是，用一领苇席把她卷起来，停放在悬崖边。此后，杜万的哥哥上任后，镇日忙于公事，过了许久，都未能抽出时间重新葬埋妻子的尸骸。

终于，他又回北方，当路过悬崖之时，想起了那段悲伤的往事。没想到，妻子的尸骸不见，只剩下空空的苇席。他疯了一样找寻妻子的尸骸，当他偶然间来到一个山洞。他惊奇地发现，妻子浑身精光、面貌狰狞，身边还有两个小孩。

杜某声嘶力竭地呼唤，妻子终于活过来，咿咿呀呀，不能说话，泪水满脸，用树枝在地上写："我当初并未完全死去，后来再生，想要去找你。未曾想被夜叉捉来，我又害怕又恐惧，被逼迫和他生活在一起，甚至为他生下了这两个孩子。"

须臾，终于能开口说话，着急地劝说杜某离开，否则将被夜叉杀死。

杜某坚决不肯，于是妻子抱着其中一个孩子随他登上船只。

船只渐渐驶进江心，气急败坏的夜叉抱着儿子追到江边，大喊大叫，用孩子作为要挟，如若不归，将把孩子毁掉。又惊又怕的杜妻如何敢再次回到山洞，亲眼见到孩子死于夜叉之手。

武陵郡有一座浮屠祠，高不可及。

俯瞰大江，每当江水泛滥之时，地动山摇，没有人敢爬到上面去。

商人朱岘，家中颇为殷实，但女儿却一朝不知所踪。

有一天下大雨，人们远远望见浮屠祠上，隐约有一个身影，朱岘视其衣着打扮，甚似他失散已久的女儿。随即命人爬上山巅询问，果真是他的女儿，于是将她接回家中。

回想往事，朱小姐哭哭啼啼，不甚哀伤，说是之前自己独自待在房里，有一长丈余的夜叉，甚诡异，自屋上跃而下，进入她的房间，说了声不用害怕，便揽衣驰去，至浮屠祠。

好几天，她都感觉头昏沉沉的，就像喝醉了一样。待清醒之后，十分害怕。

夜叉每日都会下山到郡中为她取食物。

她发现他遇到一个白衣之人，都会退避三舍，不敢窃视。

等到傍晚归来的时候，问他原因。

说是，穿着白衣的那个人，自小就不吃牛肉，所以无法靠近。

问他原因，说牛者所以耕田畴，为生人之本。人不食其肉，则上帝佑之。

那时，这位朱小姐就在心里盘算了一番，离开父母，终日与这样的异类生活在一起，终不是办法。

第二天夜叉又下山觅食了，朱小姐心中反复祈祷默念：只要让我远离这个怪物，我愿意终身不吃牛肉。

夜叉从郡中归来，竟真的无法再靠近朱小姐。他用悲伤的眼神望着小姐，无可奈何地叹气说：“我对你那么好，为什么你不能全心全意地对待我。竟狠心让我此生都不得再接近你。我们的缘分就此结束吧。”

说完，向东头也不回地离去。

汝州傍县的村人，曾经在几十年前丢失了自己的女儿。

几年之后，女儿又莫名其妙回到了家中。

说是，此前在睡梦中被人牵引而去。

到天明之时，已身在古塔之中，身边坐着一个美男子。

男子告诉她说，自己乃上天神人，命中注定要和她有一段婚姻情缘。待时日已满，定会离去，不必忧惧。并且告诫她，千万不要

对外张扬此事，这是天机。

每天两次往返取食，有时食物拿来的时候还冒着热气。

过了一年，她在他出塔取食的时候，悄悄窥探，竟然发现他变换了身形——火发蓝肤，磔耳如驴，腾空如飞，落地之时，又变作人形。

她吓得直冒冷汗。

男子归来，居然知道女子悄悄窥视，于是，自报家门：我实夜叉，与尔有缘，终不害尔。女子素来聪慧，不敢轻易得罪他，生怕招致灾祸。

于是，向他道歉说："我既然已经成为你的妻子，嫁鸡随鸡，嫁狗随狗，难道会对你有所厌弃么？夫君你既然拥有无上的神力，为什么不居住在人间，这样我也可以守护在家人身边，一解思念之苦，一尽为人女的孝道？"

男子犹豫了，他告诉妻子，自己罪孽深重，有时与人杂处之时，难免会暴露原本的形迹。如今真实身份既然为你所熟知，应该不会太久就会离去。

两人出塔，见白衣尘中者，男子唯恐避之不及。

让女子觉得十分有趣的是，男子就像一个精灵，游走在人们之中，或尊敬地磕头，或者吐对方口水戏狎，对于那些忠直孝养，释道守戒律法录者，绝不犯之。

又过了一年，男子终于要离开了。

他哭泣难分，悲伤地说："我们的缘分已尽，时间到了，待会我会让风雨送你归家。"并拿出一颗大如鸡卵的青石赠送给女子，说是归家后，可将此物碾磨为粉末服下，就能除掉与他生活在一起沾染的毒气。

如释氏言，屈伸臂顷，已至其家，坠在庭中。

女子的母亲磨石饮之，拉出粪便物如青泥斗余。

一个姓吴的书生娶了一个姓刘的女子。

刘氏起初温婉柔媚，两人的小日子过得幸福甜美。

好多年以后，不知道为什么，刘氏的性情大变，一旦违背她的心意，必定摔锅砸碗，不得安宁。贴身的奴婢被她殴打至奄奄一息，也不能消解怒气。

时间长了，有谁能受得了如此这般的折腾。面对如此悍妇，吴生开始变心了。

一天，吴生邀上一群旧日同僚在郊外打猎，好不酣畅淋漓！带回狐兔甚多，放置于家中的厨房。第二天，趁吴生出门办事的这阵工夫，刘氏悄悄潜入厨房中，如狼似虎地吃着那些生的狐兔。

刘氏吃完之后，吴生回来了，发现厨房中辛辛苦苦打回来的狐兔竟然没有了。

刘氏默声不语，吴生怒不可遏地盘问婢女，才知道全部被刘氏食尽。

吴生简直不敢相信自己的耳朵，开始怀疑刘氏是妖怪的化身。

十多天后，刚好有一个机会，吴生决定试探究竟。

县吏送来了一只鹿子，吴生命人放在庭院之中。

佯装说自己将要出趟远门，实则藏身于角落窥视刘氏的动静。

果真让他看到，刘氏散发袒肱，目眦尽裂，状貌顿异，站在庭

院中，左手执鹿，右手拔其脾而食之。

吴生吓得双腿发软，瘫倒在地。于是，召吏卒十数辈，持兵仗而入。

刘氏见事已败露，褪去衣衫，变回原形，原来是一个凶神恶煞的夜叉。

目若电光，齿如戟刃，筋骨盘蹙，身尽青色，吏卒吓得胆战心惊，不敢亲近。

夜叉吃完之后，如风般消失了。

这也许是母夜叉的来源。

鬼子母乃为五百鬼子之母，原本是一个专吃人肉的母夜叉，后来经佛的点化，受五戒，才弃恶从善。所以，人们但凡遇到那些相貌丑陋，性格刚烈，脾气泼辣的妇女，都以母夜叉来贬损之，骂之。

就像《水浒传》中“眉横杀气，眼露凶光。……钏镯牢笼魔女臂，红衫照映夜叉精”孙二娘。清代蒲松龄在《聊斋志异》的《夜叉国》中也慨叹，“夜叉夫人，亦所罕闻，然细思之而不罕也：家家床头有个夜叉在。”

夜叉，从神灵到鬼怪，再到惧内之人对妻子气愤愤地“尊称”，那是来自东土大唐对西方异域世界精灵的重新书写。

第五部分

羁旅青娥·梦里花落知多少

婉儿的告白——上官昭容·彩书怨

叶下洞庭初，思君万里余。露浓香被冷，月落锦屏虚。

欲奏江南曲，贪封蓟北书。书中无别意，惟怅久离居。

一汪烟水里的洞庭湖，被淡淡薄雾笼罩。那湖畔的秋叶，在风中飘落摇曳。季节又一次用它的方式向人们告白，我的思念就在这岁岁年年的流逝中蔓延，你是那么遥远，远在天涯。

秋意总是在触目所及之处展现着它的身姿。浓浓的露水，仿佛要浸透整个周遭的世界。衾被透着的凉意让人难以成眠，其实我也不知道究竟是秋天的凉意使自己更思念远方的他，还是因为太过长久的思念而使这初秋变得如深秋般寒冷。长夜渐深，没有月光的抚摸，华美的屏风也变得模糊起来。

让侍女点燃烛火，披着衣服走到琴边，想要弹奏一首江南的曲调，手拨琴弦的刹那，却忽然想要将心中长久累积的情感，驿寄梅花，鱼传尺素，用娟秀的笔墨在信笺上写下。

这是好多年前的场景，不知道为什么，那个秋天夜晚的点点心思与场景常常在夜深人静的时候回放，即便现在我已两度深得圣宠。

现在，我的生命已经走到了尽头，李隆基的大军已冲入宫中又渐渐离去，四处被火光和喧嚣包围着，我躺在烛火旁，被冷飕飕的风包围着。没有人知道我真实的内心，作为宫廷女官，我必须时时刻刻示人以威严，将自己全部的喜怒哀乐深埋，这是保护自己最好的方式。

这一刻，所有这些都变得不再重要。

有时我特别感谢我的祖父，他叫上官仪。虽然他离开我们的时候，我还很小。

我曾偷偷读他的诗作，人们常常说那不过是些应酬之作，然而我却十分喜欢其中的雅致清丽，那和通常淹没自己情趣的应酬奉和之作大不相同。

当承担一个角色久了，人们就会用对这个角色最通常的观感来概括一个人。

我的祖父如是，我也如是。我想我可能继承了祖父的诗才。

几次宫廷政变之后，武后的第三子李显登上帝位，韦后和太平公主此时对我十分信任，因为在这场政变中我对她们有着一些决定性的帮助。

人们称呼为我巾帼宰相，文坛盟主，我姑且就这样受着。尽管这样，我想我还是有着自知之明的。人贵在自知之明，此话一点都不假。

荣华与落魄，朝令夕改，瞬息万变，一个在宫廷中长大的人，还看不透这一点，那是虚长了年岁。这些别人所赋予的东西，并不是自己所能掌握。为其喜，或者为其忧，都是不够有自知之明的表现。所以当我有一天从侍女嘴中听到一些关于我的坊间传闻，我通常都会一笑置之。

人们说，我的母亲郑氏将要生我的时候，曾梦见巨人拿着一杆大秤告诉我母亲，“持此称量天下”，意思是说生下来的孩子必然做朝廷的宰相。母亲没想到竟然生出一个女伢儿，于是抱着我，问道：“有人说你会做宰相称量天下，是真的么？”尚在襁褓中的我竟应声答道：“是。”

侍女们说得煞有介事，只有我知道这只不过是好事者的杜撰。而且这种杜撰在宫廷中十分盛行。

我的祖父，官高至宰相，却死于非命。在武后与高宗的夫妻战争中，他不幸充当了炮灰。我常常在想，祖父在代拟废后诏书的时候，一定难以压抑住激动的情绪。在他看来，自己终于可以为皇室，甚至为李唐江山社稷，作一次具有实质性并成功率极高的贡献，而非只是跟随在皇帝左右的御用文人等早年却根深蒂固的身份。然而，祖父还是太过于相信李治。

想到这儿，我每次都欷歔不已。要在尔虞我诈的宫廷中生存下去，拥有比较模棱两可的立场是得以自保的法宝。我的祖父也许是没有看透这一点，或者他的性情不允许接受这样的立场选择。

武后和李治一次彻夜恳谈，使原本预料的结局被重写。在高宗说出是受祖父唆使时，他的内心一定十分悲凄。什么叫有苦说不出，什么叫君让臣死，臣不得不死！我的祖父上官仪就这样上了断头台。

我从母亲那里断断续续得知那些当年的往事，我的祖父死去之后，我和母亲被送入宫中为奴为婢。

我很小的时候，除了对祖父模糊的印象和他美好的诗篇，对这件上官家的惨烈往事知道得很少。那是我的母亲不希望我在儿时就埋下仇恨的种子，一不小心就会在宫中跌入万劫不复的深渊。当我完全悉知事情的真相时，我已经在宫中度过了将近十年的岁月。

我无法不怨恨那位高高在上的女子，她是那么威严，曾经让我惧怕，又是那么处变不惊，让我钦佩。

她不是一个普通的女子，她的眼光深邃，举手投足并不输于那些大臣。

我虽然只有十三岁，却早已明白凭借自己的力量根本不可能与她对抗，我卑微地活着，只能使怨恨永远停留于怨恨，只有变得强大，才能实现心中的夙愿。

我练得一手好的诗文，在奴婢中显得鹤立鸡群。

她终于注意到我，仪凤二年，那是我一生中第一次最得意的日子。

她当场命题，让我依题著文，我片刻完成，用最为华丽优美的辞藻作成。

终于被免除了奴婢之身，成为一名掌管诏命的女官，那也是我祖父在太宗时代做过的官职。

有时，人不得不信命。我的祖父上官仪由皇帝秘书走上宰相的职位。我此后的人生也是同样如此，甚至比祖父更为曲折。我的祖父上官仪最终死于非命，我没有想到今天自己也会走上同样的路。我们祖孙俩的命运仿佛注定和大唐皇室的命运难分难解。

我年少的时候也曾因为一件事情忤逆了武后的意思，差点被处以极刑。

我的额头血流不止，疤痕再次提醒我，在宫廷中谨言慎行的重要性。

宫中花园中蜡梅是我最喜爱的花朵，我爱她不与繁花竞放的独立，更喜欢她在寒冬中给人带来的那一丝丝暖意。

于是，我忍住剧痛，将那道额头正中的疤痕，生生刻成了一朵红梅的形状。

在遥远的古代，那些罪犯都会被鲸面以区别于其他人，让他们时时刻刻都感受到耻辱，然而，我却将这种耻辱变成为妆容。而且，令我始料未及的是，不久之后，先是宫中，后是长安、洛阳的坊间，开始流行这种妆容。

女子们故意用胭脂在眉心画下一朵梅花，并且将它命名为梅花妆。

再强悍的女人也有想要享受平静快乐生活的一天，毕竟人不可能永远累下去。

尤其是当权力已经稳稳掌控在自己手中的时候，渐行渐远的危机感让她之前灵敏的感觉也变得迟钝。神龙年间，武后终于在一批闯入宫中的大臣的逼迫下，还政于李唐，她的三儿子又重新登上了帝位。

当我在事变之后仍然气定神闲地在宫中处理事务之时，我听到人们在背后的议论。他们为我在政变后的安然无恙而感到奇怪。甚至觉得我的内心十分狡诈，竟然可以逃脱兔死狗烹的定律。

他们这些人根本不知道我为此而付出的代价。我从来未曾忘记我的祖父的经历。复仇怨恨与屈从妥协未必两相矛盾。我从祖父的事情上得到了一些终身有益的启示，所以我从来未曾将希望寄托在朝堂上高高在上的身影，高高在上者不会和在下者进行始终公平的交易。因为在上者和在下者根本从来就没有平等过。

所以，即便武后待我不薄，即便她赋予我怎样炙手可热的权力，在我心里，她和我之间永远都会隔着一段距离，我提醒自己为情所动是必然的，然而对于身在宫中且伴君身边的我而言，那又是需要保持冷静和尽量克制的。

只有冷静与克制才能使我的大脑始终清醒地面对每一次抉择。

当我终于可以抹去上官家的耻辱，禁不住舒了一口气。

我的祖父上官仪被平反，尽管我深知那是新皇帝笼络我的策略之一，我还是感性地感动了一回。

新皇帝看重我多年累积的才干，最重要的是手中掌握的人脉和权力。当然，还有从小在宫中一起长大的情意。于是，我成为名义上的皇帝的女人，被封为“昭容”，这只不过是个荣誉上的称号而已。我用我已经驾轻就熟的处理政务的才能再次赢得了新皇帝的尊重。

他的皇后韦氏，是一个有些大胆，甚至有点可笑的女人。她期

望自己变成新的武后，把持朝政。她的那些小小把戏又岂能瞒过我多年练就的火眼。

然而，我确实有些累了，怨恨被一朝消除之后，我仿佛一夜间丧失了生活的目标，忽然想过一种平静安宁的生活。我的那些曾经被掩藏的诗情画意又蠢蠢欲动起来。于是，我建议皇帝扩建曾一度被冷落的崇文馆，广招文士，才子官员，我们常常在其中游乐，在一次次沙龙中，兴致而去，兴尽而返。

现在想想，那也许是我一生中最美好的岁月。

当得到了自己最想要的之后，你就会陷入患失的境地。因为太美好，所以担心会失去。

韦氏和安乐公主，一个野心勃勃的女人和她的女儿，都想利用我抬高武氏在朝野中的地位。因为他们知道我和武三思不可告人的关系。

我别无选择，但为了给自己留下更多的退路，我也曾悄悄向武后的四子李旦示好。我的表弟曾劝我不要和武氏、韦后走得太近，毕竟是李唐的天下，名正言顺，否则会让刚刚起死回生的上官家再次遭遇劫难。

当太子李重俊杀入宫中，高喊着要我的性命之后，我才意识到问题的严重性。

果然，不久皇帝莫名其妙地突然死去。

韦后的野心暴露无遗，她似乎做梦都想成为武后那样的人。

她可能觉得丈夫离世，她的梦想越来越近了。她命令我起草一份遗诏，我知道只要这份遗诏公诸于众，我就彻底与李唐决裂，等待我的不会是什么好的结局。

我当机立断联络太平公主，我们商量了一份对李唐有莫大好处的诏书。

韦后看出了我们的心思，她要效法武后，在重要职位上安插党羽。

这个一心想做武后，却才能不及其万一的女人，无疑是在自寻死路。

太平公主与李隆基终于决定先下手为强，韦氏与一众党羽都没有好下场。

我没有想到是李隆基率队闯入宫中，我拿着烛火和与太平公主起草的诏书赶紧迎上，证明我是李唐社稷的拥戴者。

然而，他犹豫了，他竟然犹豫了，他一旦犹豫，我就知道我很快会死于刀下。

我曾经无数次用祖父的事例警告自己，千万不可立场分明。

然而，左右逢源同样会遭致不信任。我和祖父走上了同样的命运。

宫中的喧闹声在我耳边变得越来越模糊。

灵魂仿佛在这时飞出了自己的身体，我站在高空望着自己，呼喊：婉儿，你不能死。然而，那声音却显得如此微小。那时我有着想要哭泣的冲动，祖父的相信在上者和我的左右逢源都失败了，我到这时才相信，其实所谓的万全之策都是泡影。

像平凡人那样活着，那样在深秋的夜里痛彻心扉地想念他乡的恋人，那才是最切肤的幸福！

扫眉才子知多少——薛涛·锦江春望词

花开不同赏，花落不同悲。欲问相思处，花开花落时。

槛草结同心，将以遗知音。春愁正断绝，春鸟复哀吟。

风花日将老，佳期犹渺渺。不结同心人，空结同心草。

那堪花满枝，翻作两相思。玉箸垂朝镜，春风知不知。

“吴丝蜀桐张高秋”，天府之国，广袤的成都平原，拥有全国最好的琴材。

绿色树干，挺拔俊逸，潘安般秀气英朗；梧叶婆娑，风情万种，神女般舞动绿裳。树荫之下，蝉鸣起落，院落幽户，纱糊小窗。

中年男子羽扇轻摇，雅兴顿起，不禁随口吟诵“庭除一古桐，耸干入云中”。

戛然而止，捻须微笑。“涛儿，你看看能接续吗？”

八岁的女孩儿，正手调琵琶，腮凝新荔，俊颜修眉，顾盼神飞，对这突然来袭的考试，却丝毫未有手足无措之感。“枝迎南北鸟，叶送往来风”。

母亲啧啧叫好。

薛涛眉毛轻扬，等待父亲的赞叹，虽然那也听过无数次……然而，男子的额头，寒光闪过，离开庭院，独落太息声。

许多年后，女孩儿容颜已改，独坐望江亭眺望一曲寒江，曾无数次回想八岁这年发生在夏季午后的那一幕。

她那时并不知道在一个崇拜文字的时代，人们笃信，诗如其人，人如其心。

她的诗作，在她诗书满腹的父亲眼中，是一生悲欢的预设。

“菟丝附女萝”，男人是女人依傍的大树。庭院的帷幔中躺着全身冰冷的父亲，母亲声嘶力竭地号哭，空气就像被一次次撕裂般，发出嗞嗞的声音。

父亲躺在那里，如安睡一样，却眉间若蹙。生命的脆弱与残酷，在心间摩挲。失去了至情至爱的父亲，看到了如梦人生的虚幻与无常。

“夫人这病，无甚大碍，修养进补，假以时日必定康复。”

“劳烦大夫跑这一趟，稍后我们会将诊金送上。”

丧事已费钱无数，哪里有更多余钱供母亲修养进补，不管是为着官家小姐的虚荣，抑或是诚信与自尊，或是教养，这一刻，她必须这样说。

涛发自本能的口占，道破自己对于那个懂花男人的渴求和思念，和对凋零花朵的悼念。

感官往往同心相连。她发现，自己居然羡慕两只鸟儿："双栖绿池上，朝暮共飞逐；更忙将趋日，同心莲叶间。""花开堪折直须折，莫待花落空折枝"，锦城十万灯火中的一盏，为谁所点？

他一去就是半年，音信全无，送去长安的信，也石沉大海。

多年来已熟悉的气味和笑声，让人更难以忍受秋虫在窗外的嘈杂。

该不是会在长安被另外授官，留在京城不回来了吧？

天明推窗，仍旧庭院深深。答案并非未知，只是她自己选择不知。

她所依靠的男人：胸中广袤土地，却没有考虑为自己留下一片花园；胸中有十万甲兵，却视女人犹如流星；眼中有百花盛开，却没有一瓣心香。

一棵青藤，缠着大树生活，争宠一样，往上奋力享受阳光。久了，知道肩膀的宽度、骨骼的硬度，于是，树就成了青藤心中的宽度。这株青藤，她是牵牛花。

虽然不是为了炫耀才爬上高枝，却知道自己是花朵，需要阳光和雨露，需要欣赏和爱护，需要赞叹和忧伤。

这株花有情与性，有虚荣与尊严，渴望爱与被爱，害怕寂寞和孤独，夜中月色，她看着身边大树的胸怀，虽然不乏激情与狂野，不乏温情与浪漫，然而自己仍然没有扎入他的内心。

他关心的，是那些威胁到他充足的阳光和雨露的大树。

他留意的，是往来栖居的鸟儿，是否带来春天的消息，衔来远方的树种。

“槛草结同心，将以遗知音。春愁正断绝，春鸟复哀吟”，人毕竟与花不同，秋去春来，花开依然，人却渐老于春风中。

一眨眼，鱼尾纹就刻上眼角。除非是疯子，人们都很少追求肉体的长生，他们理性地追求精神世界的永恒，以超越肉体的局限。为了这个超越的精神世界，他们有时可以忍受肉体的痛苦，甚至可以为之抛开肉体。

一只远方鸟，站在树枝上，用长满绚丽羽毛的翅膀，逗弄着树叶间漏下的阳光。唱着动听的歌曲，欢乐中蕴涵着哀伤，是一种打动所有人的旋律。

薛涛听出了凄惶。

“这位是长安来的当世著名诗人元稹，当世青年才俊……”这位衔来长安信息的金丝雀，投来火辣辣的目光。“薛校书，久仰久仰，真是百闻不如一见”，女人的虚荣，很快就被煽动起来。

一个四十岁的女人，林下风致，仍能点起一位见过世面的年轻男人的心火。

“薛校书，这段时间你就带元诗人，在锦城看看，给他讲讲咱们这里的人文风流，哈哈……”爽朗的笑声，沉稳的步伐，男人就这样离开了。

又一次被自己依靠二十年的男人，指示去陪同另外一个男人。

虽然其中不少名流，更有不少高雅之士，但是她希望自己依靠的大树，能够把她看成娇柔的花朵，经不起雨骤风狂。

“能得名动天下的薛校书指引，自是三生有幸啊。”

长安秋日的肃杀与茫茫一片的黄天后土，怎比锦江碧水清波，白鸥彩雀，绿树红花。还似莺莺燕燕的春天，勃勃生机，明净晴朗。

他们一起看鸳鸯戏水，咏并蒂莲花；一起眺望远方雪山，送红轮西沉；一起穿过幽篁，听露水滴答；一起掬起清流，炊黄粱飘香。

感觉自己就像是春天开过花，秋天又一次绽放，摇曳东风之后，又一次摇曳秋风。

当身旁有一种春天开花的树，突然在秋天再次绽放，那是她们内心的迷狂。

她不知道，自己依靠了二十年的男人，竟然在昨天找到元稹，提醒他应该前往东川赴任。

“这些天，我都感觉这里就像人间天堂。姐姐您，就是其中的姑射仙子，风华绰约，冰心一片。所以，有一天，能再回来，听你唱一首歌，饮一杯酒，那是多么的幸福。只是，一入宦海，就没有缆系着码头，随波飘荡。”

泪水有时并非为了伤痛。有谁见过，秋天再开的花朵，能够结出繁茂的果实？

她只能再次挥手告别，让他带走自己的娇容和芳香，然后就在秋风中，看花瓣“零落成泥碾作尘”。“水国蒹葭夜有霜，月寒山色共苍苍。谁言千里自今夕，离梦杳如关塞长”。

“你居然为他掉眼泪！枉我栽培你二十年！”韦皋虽已至耳顺

之年，但说话仍然那么咄咄逼人。“明天你就到雅安以西看看，顺带也了解一下边境的军情”。

薛涛听出了自己依靠的男人，话语中透露出了嫉妒和伤心。

她知道，这次自己错了。入戏太深，自己都会忘记，现实和虚幻之间的界限。但是，谁又能说，自己的一生到底是戏还是真？

竖着毛的狮子，最好还是等它的颈毛平顺的时候，再去安慰吧，距离反而能够拉近人的距离。于是她出发，展开手中的红笺。赎罪的感觉竟然很充实。

使宅池中，韦皋送给薛涛的孔雀死了，次年的夏天，薛涛随之而去。

多年前，青藤爬上了大树之时，时光似乎就已停止流转。

浣花溪、浣花笺，散落一地，知多少！残留芙蓉花瓣的暗香。

她比烟花寂寞——鱼玄机·赠邻女

羞日遮罗袖，愁春懒起妆。
易得无价宝，难得有情郎。
枕上潜垂泪，花间暗断肠。
自能窥宋玉，何必恨王昌？

唐大中十二年。

长安城雁塔，才子佳人往来不绝。曲江会宴，新科进士被恩准雁塔留名。

白居易曾为“慈恩塔下题名处，十七人中最少年”而不胜得意。今年的李亿也不例外。

人与人之间的际遇，冥冥中似乎确有天意。

当他再次来到雁塔崇真观旧梦重温，当他看到“自恨罗衣掩诗句，举头空羡榜中名”的题诗，当他为这个有着非常胸襟的女子感慨之时，他绝没有料到，他和她之间会有段凄美又绝望的爱情。他更没有料到，那个名叫“鱼幼微”的女子，此后会道观锁春、诗文候教、玉殒刀刃、一度名动京师。

那之后，他用无数个“如果”来质问自己。

他用质问、忏悔来为自己赎罪。

长安城东北的傍晚，平康里。

这里是诸妓所居，京都侠少萃集之地，风流薮泽是也。

温庭筠每当回想起幼微，脑海中永远首先出现，那位在小巷深处吃力提起井中木桶，用衣襟擦拭额头上星星落落汗珠的小女孩。

平康里的小民生活，使她浸染了风尘与世故，心较比干多一窍的总角女童，竟写下“跟老藏鱼窟，枝低系客舟。萧萧风雨夜，惊梦复恬惆”的诗句，遣词用语、平仄音韵，已然是老成笔调、卓然胸襟。

所以，当李亿在茶楼中提及那位题诗者正是幼微之时，这位人称“温钟馗”的京城大才子，就迫不及待拽着清朗俊秀的小友引荐给幼微。

李亿官授补阙，幼微出嫁为妾。那一年，她十四岁。宾相赞礼之后，楼上新妆待夜，闺中独坐含情。林亭别苑，鸳梦幽香。

极致的欢乐与喧嚣，常常令人生出诸般错觉，在这错觉之中又常常会生出些一朝梦醒的忧郁。人世悲欢一梦，如何得作双成？怎奈东风。

出身名门的裴氏，没有办法不把这件事视为耻辱。

她不知道自己的夫君何以愚蠢如斯，一个新科状元，一个官场新贵，竟然迷恋一个出身平康里——那个龌龊之地的小丫头。

那些表面恭维“此乃佳话”的背后，不知有着怎样恶毒的言论。即便是如何有作诗之才，即便再怎样姿色倾国，也不过是远观的玩物，男人世界的明艳点缀。

所谓“佳话”不过是为长安城寂寞已久的茶楼，平添一二谈资。

这个女人不仅夺取了她的爱情，更重要的是，她将是丈夫仕途的绊脚石。

暮鼓晨钟，长安城的茶肆却永不停歇地喧嚣。

即便是月黑风高的宵禁时间，在无边的夜色中都仿似潜藏着蠢蠢欲动力量散播着那些呼之欲出的谣言，从西市到东市，满街飘扬的各种小食的香味，使它们听起来犹如切肤般真实。

裴氏的善妒之名就这样蔓延开来。连沿街叫卖的小贩都在嘻嘻哈哈又不免愤恨地咒骂，那个裴氏，善妒又狠毒，竟然跑到林亭别苑将那女子毒打了一顿！

毕竟是小户出身的女子，怎禁得起这般折腾！她镇日闺门内耍泼已让李亿烦不胜烦！这个李亿枉作人夫啊，如此软弱，真个给状元后生丢脸。

裴氏似乎在用自己的名声做一场交易，在这场交易中，她是胜者。

一纸休书将幼微成功送入亲仁坊咸宜观。她的道号叫“玄机”。

披羽入观与诵读修行，似乎并无太大关系。

那是大唐女子借以从闺门的繁琐礼仪中解脱出来，自由交游、把盏唱和的途径。女冠、青楼、名媛，并非绝对泾渭分明。

咸宜观，“诗文候教”四个朱红大字挂在观门外。刚刚参加完秋闱的士子正趋之若鹜地赶来。他们都对那位以状元小妾、女冠翘楚、诗文才女——三种身份名贯京城，并与仕宦名流素有交往的女子，有太多一睹芳容的渴求。

即便是在她的道馆中小坐片刻，也是才华风流的证明，足以让他们在同年中炫耀。珠帘绣幕，轻纱幔卷，鼎焚百合之香，瓶插娇弱之蕊，墨香飘荡，让这咸宜馆内多了几分清雅。

高堂北坐的鱼玄机，窈窕含笑、绿鬓如蝉，明艳中略带道骨仙容。迎来送往、欲拒还迎，吟诗作对，竞相才藻妙情。她在尽情欢肆的热闹中，学会了遗忘。遗忘是对抗心痛与寂寞的不苦良药。时光流转，诗稿焚却。

“易得无价宝，难得有情郎”的怨怼，“自能窥宋玉，何必恨王昌”的自嘲，“虽恨独行冬尽日，终期相见月圆时”的祈盼，“春来秋去相思在，秋去春来信息稀”的失落，砧板声声，将寒夜穿透却不见归人，眉间寂寞，依旧难遣。

李亿暂住咸宜的承诺，早已不知所终。

当长安城的茶肆在晨钟中迎来夏日点点阳光，它再一次因为鱼玄机的谣言而沸腾。这一次，不再是温温软软的风流韵事，而是骇人听闻的杀人案。

在上流社会如鱼得水的女冠竟然成为阶下囚。

此时，京兆府尹温璋已在馆舍内翻阅了一夜的《唐律》，对于这个唐懿宗亲下的任务，他不敢有丝毫怠慢。下属审案官吏在卷宗上描述了案情经过。

上旬某日，某咸宜馆宾客在酒酣耳热之际，腹胀难忍，溲于后庭，却见青蝇数十集于地，驱去复来。视之，若有血痕，且发出阵阵难闻的腥味。此等怪异之事传至府街卒裴澄的耳朵里，这个曾猛烈追求过玄机又有着敏锐嗅觉的男人，怎肯放过这些蛛丝马迹。一番暗访之后，得知明慧过人的玄机婢女绿翘无缘无故失踪。于是率人突入玄机院发之，浮土之下竟埋有一具女尸，容貌如生，正是绿翘。

令鱼玄机动了杀机的，是举止清雅的乐师陈韪。连夜审问之后，刀笔吏写下这样的文字：一日，玄机为邻院相邀，临行前告诫婢女绿翘，我现在出去片刻，若有客，告诉他我在何处即可。玄机后为女伴苦意相留，至暮色相合方回至院中。绿翘禀报说："先前陈韪来访，知练师不在馆中，即刻便走了。"玄机心生疑惑，陈韪素来与已相好，没理由未问及便离开。难道已与绿翘暗通款曲？入夜，玄机张灯扃户，命翘入卧内讯之。绿翘坦言，若云情爱，不蓄于胸襟已多年。更何谈与陈韪有苟且之事。玄机愈发怒不可遏，裸而笞百数。绿翘终不承认，反倒怒斥玄机"欲求三清长生之道，而未能忘解佩荐枕之欢"，"反以沈猜，厚诬贞正"，并发毒誓说绝"不蠢蠢于冥冥之中，纵尔淫佚"。言罢死去。

这份卷宗，看似清楚明白，却经不得仔细推敲。他温璋岂可不知。

玄机与绿翘多年主仆，怎会因无来由的怀疑而将其杖毙？即便玄机与绿翘在卧室内发生争执，死者已死，仅玄机知晓，何以玄机会说出那些于己不利的供词，俨然把自己塑造成伪装女冠的淫妇，而绿翘则如此大义凛然、誓死无畏！玄机正月掩藏绿翘尸首，到夏季案发之时，竟宛若生人？玄机若有心掩盖罪行，又岂可将绿翘浅埋，并如此轻易被人发现？

更何况，若依照唐律：若奴婢有罪，主人不报官司而将其杀害者，杖一百。若奴婢无罪，主人将其杀者，徒刑一年，即实行劳役。

玄机即便笞杀绿翘，却罪不至死，然而杀鱼玄机之声却悄悄在长安城蔓延。看着桌上沉甸甸的求情信函，这位治事严明的京兆府尹却有些左右为难。

如果案卷内容属实，那也只不过是一桩很小的案件，却惹来大批的京城内外官员说情。是调查事实的真相，还是睁一只眼闭一只眼，依卷宗呈上，是按照律法判处玄机劳役一年，还是重责以惩戒？皇帝把这桩案件特地交由他——以严厉著称的京兆尹来审理，抑或别有深意？

无人知道懿宗皇帝为何作出秋后问斩的决定。

有人说是温璋喜屠戮、好滥杀，有人说是好色游乐的懿宗皇帝也是玄机的追慕者，在微服游玩坊肆之时，曾遭到玄机的拒绝，于是心生恨意。

有人又说，玄机根本就是有罪，她把自己的角色替换为当年鞭打驱逐她的裴氏，在承受背叛的痛苦之时，她用最狠的手段惩罚婢女，以发泄多年前就已累积起来的怨恨。

又有人说，一个小小的坊间女子，在杀人之时竟然还能得到满朝官员的求项，民间涌动着对朝廷不满、世风日下的传言，若非如此，实在不能以儆效尤、以正视听。

猜测总归是猜测，真相只有一个。

当玄机在菜市被斩首之时，真相就已随她而去。

临上法场的前夕，玄机望着窗外稀疏的月色，不禁在墙上题写“明月照幽隙，清风开短襟”的诗句。

那是她留给世人最后的诗句。

那时，她的内心异常平静，她将这些都归结于宿命。

她常常问自己，为何命运总是在她最欢欣的时候令她心生惆怅与忧虑，难道是悲苦人总有颗悲苦心！

然而，在临死之前的这一刻，她却忽然心生阵阵温暖。

她恍惚觉得，先前极致欢愉中的凉意暗生，是主宰命运之神的慈悲心，那份慈悲心总是忍不住提前告知她冰冷的结局。

然而，她到死才悟出。

无名女的幽怨——题玉泉溪·幽恨诗·金缕衣

题玉泉溪（湘邑女子）

红树醉秋色，碧溪弹夜弦。佳期不可再，风雨杳如年。

幽恨诗（安邑女子）

卜得上峡日，秋江风浪多。巴陵一夜雨，肠断木兰歌！

金缕衣（无名氏）

劝君莫惜金缕衣，劝君惜取少年时。

有花堪折直须折，莫待无花空折枝。

无名诗作有时比有名诗作流传更为久远。

名，说到底只是符号而已。

诗的韵味和它背后的故事往往才是传世之作的魂灵。

无名诗作，因其无名，反而给了人们无限的想象空间。

人们的幻想在诗歌中得到彻彻底底的宣泄。

谁也不知道，也许在某个时空之中，有多少人惆怅白发生。

大唐年间，有位叫郑仆射的番禺人。曾游历于湘中，夜晚寄宿于驿站。

偶然遇到一位有着绝代风华的奇女子，就像许多故事中的男女主角，他们萍水相逢却心心相知。

女子吟诵一首凄怨之诗，便顷刻不见，留他独自在夜色中，怅然若失。女子的神情被幽怨笼罩着，眼神空洞地遥望远方。

她说那是一个浓墨重彩的秋天，枫叶正红，秋意正浓，漫山遍野的红树像是秋色中迷醉的路人，那时，当她拿起那片片枫叶之时，觉得这是上天赐予她芳华年代绝佳的礼物。她的心仿佛随着这片红色，疯狂地奔跑，她甚至愿意永远沉沦于这片红色之海。看着青春在树叶的经脉间汩汩流动。让爱情幻化出的浪花洗涤出最纯净的美丽。

当夜幕降临的时候，她最爱独坐于山间，鸟鸣幽涧，碧绿的溪水在月光的抚摸下，泛出蓝幽幽的点点光芒。她就在这幽蓝之中幻想。潺潺流动的声音如同六弦琴在拨奏，她沉静的心又忍不住随着琴声的音符飞到不知名的远方。

那一刻她期待她是弄玉，那个用箫声找到自己伴侣的幸运女子。她不会吹箫，只能将心托付明月。一年年，一岁岁，从春等到秋，从秋等到冬，她在期待中等待，在等待中去期待，她恍惚觉得自己好像屈原笔下的山鬼，若有人兮山之阿，被薜荔兮带女萝，顾盼神飞，含情脉脉，有着姣好的面容。

她驾着赤色的豹子，后面有文狸跟从，用辛夷做成车，用桂花装饰旗，身上披着石兰，腰间结着杜衡，云容容兮而在下；杳冥冥兮羌昼晦，风雨如晦，远处有轻雷滚滚，处幽篁兮终不见天，怨公子兮怅忘归。她痴情地诵念着，仿佛自己已被那山鬼附身。

但她又低眉，自叹也许她连山鬼都不如，山鬼是那样一个不食人间烟火的山间女子，山鬼的思念被幽禁在山间，灵芝香草相伴，赤豹文狸也能目睹山鬼的芳容。山鬼凄怨的哀号，深谷至少会给予他回应，可是她却要在阅尽人世的悲欢，在双双对对中感受凄苦。

当郑仆射向朋友说起的时候，人们觉得那可能就是一个灵魂无着的女鬼。

一个独自游走在旅途的书生，一个烛火摇曳的夜晚，窗外影婆娑，难免会生出许多的幻象，期待有那样一段凄美的邂逅。

从小生活在丛林山海、那个极容易感染瘴气之地的郑仆射，尤其如此！

书生与佳人，夜晚相会，短暂，离去了无痕，那是对世俗伦理的背叛，是对渴望爱情之人的救赎。

无论是张生或是莺莺，抑或是杜丽娘与柳梦梅，还是蒲松龄笔下那些妙龄仙妖，无一不印刻书生月夜幻想的定律。

一位女子正失魂落魄地坐在窗前。她的脑海中回想着占卜者不祥的预言。

几天前，她从商的夫君即将远行，她找到当地最有名的一位占卜师，预测旅途是否凶险。那是许多年来，她早已形成的习惯。在未曾有现代通讯工具、天气预测手段的年代，人们有着更多对未来的不可知，以及由此而产生的惧怕。

然而，这次与以往不同，占卜师神色凝重地告诉她，此上峡之路，秋江风浪多，从卦象上看，风云多变，隐晦难测。她不敢告诉他，收拾完所有的行李，又在江边目送他离开。满心的忧愁已无法让自己展颜，然而，还要强装笑脸，不能让他看出半点不妥之处，旅途已十分劳顿，若还要背上沉重的担忧，定会苦不堪言！

所以，她只能选择一个人默默承受。三峡，风光最为险峻，也是许多旅人的噩梦之地，她就像李白笔下的长干女，瞿塘滟滪堆，猿声天上哀。种种设想和预感已经在脑海中回放了无数次。

窗外已下了一夜的雨，不知道何时才能停歇。时而狂风大作，时而电闪雷鸣，雨水就这样蔓延了整个心房，她的忧心已承重到自己无法负累。如何还能安然入眠。他是否在风雨飘摇的木船上感到孤苦无依。他会不会被巨大的风浪吞没，船夫是不是一位有经验的掌舵人，可以应对如此恶劣的天气？但愿老天的慈悲之心降临到他的身上，为此，我愿意付出任何可以去付出的东西。

注定无眠的还有叫杜秋的女子。这是大和七年的春天。就在白天，她再次遇到那位曾经风流倜傥的杜牧公子。她还清楚地记得许多年前公子把盏赋诗的场景，如今，他的面容已被风霜所侵蚀。“也许，他也是这样看我吧？”杜秋想到这儿，不禁打了一个寒战。

窗外阴沉的天笼罩着眼前的世界，也笼罩着她的心。寂寞并不可怕，孤独才是最难以超越的情绪，像是在冰天雪地里踽踽独行，过于空旷的天地和悠长的回音有时令人无限陶醉，有时却只会让你感到幻灭、绝望、可怕。

很想对着眼前的世界大吼一声，让瞬间流遍全身的温暖提醒自己尚存的一丝气息，然后渐渐消融这漫天冰雪，可这一切又何尝不是徒劳无功！“劝君莫惜金缕衣，劝君惜取少年时。有花堪折直须折，莫待无花空折枝”，不知道为什么，杜秋从十多岁开始就十分喜欢这首小诗。用金色织就的衣服，有着何等光亮的色泽，是何等高贵精致之物，君子自然应该惜取。

然而，这个世界上有比金缕衣更加珍贵的东西，那就是一个人只有一次的少年时光。它如东逝的波涛，奔流到海不复回。所以，她一直打心眼儿里觉得，当繁花绽放的时候，要懂得欣赏花朵的妖娆，让艳丽的色彩铺满你的眼睛，你要懂得亲吻花朵的芳香，让气味渗透自己的每一寸肌肤，才会对春天，有着切肤的感受。否则到了无花可折的冬天，就只能望着空空如也的树枝，空留下声声叹息。什么都不可为！

于是，她用舞姿将劝君莫待的深情款款演绎到极致，她没想到自己因此而获得镇海节度使李锜的宠爱。他愿意做那惜取少年时的惜花人、折花人。事实上，他很好地扮演了自己想要扮演的这个角色。

如同昙花的鲜丽，稍纵即逝，如同夜来香，吝啬她芬芳的气味，当李锜得罪，作为罪臣家眷的杜秋进入宫中为奴。

宪宗皇帝也愿意做惜花爱花之人，他赐予她“秋娘”的美名。

只是，此时的她多了几分忧郁，她不敢像过去那样完全释放自己的情感，因为她已从过往的经历中深深感悟到，上天给了你美好的幸福，就会从你身边夺走同样美好的事物，上天给了她和李锜美

好的恋情，却剥夺了他们相知相守的时间，这也许是每个人必须遇到的，和上天的一场交易。

她克制内敛地活着，小心呵护宪宗对她的宠爱，当十多年的养育终成泡影，皇子失势被废，她在一个秋日的黄昏，走出高高的宫墙。回首迟迟，三十年似梦非梦。驻守潼关的旧吏，已是鬓发如丝。青春少女已不再，眼前这位苍老的妇人早已在岁月的风霜中改变了模样。

当情感的引擎因受潮而无法施展自己的拳脚，当它在飞速旋转的记忆中痛苦嘶鸣，她渴望出现一缕刺眼的光亮，哪怕穿透她的额头，直至照射在渐渐远离的过往，让她更清楚看到我们是在哪一个岔道口丢失了对方。

年少时代的美好成为不堪回首的沧桑，偶尔在脑海里浮现的笑脸也只能带来一声太息，何以变得如此局促而郁郁寡欢，对自己生厌？

沧海变桑田，他乡遇故知，她看到杜牧眼中的惊讶、同情、感慨、悲伤，她看出杜牧的欲言又止，她知道在杜牧的心中一定有千千万万的问号，这么多年的辛酸又岂能三言两语说得清，她生怕他忍不住的问话，又勾起那些风光和落寞的往事，她害怕让自己的心灵，早已破碎不堪的心，在时光隧道中再次经历那些惨痛的事实。

于是，她先发制人，用一连串的疑问来掩饰内心。

她最终看到杜牧落寞地离去。看到他的背影在寒风中渐行渐远，杜秋觉得那首不知是谁书写的《金缕衣》，是自己人生最大的讽刺。

羁旅唯冷月——异乡塞外组诗

凉州词（王昌龄）

黄河远上白云间，一片孤城万仞山。羌笛何须怨杨柳，春风不度玉门关。

水调歌

平沙落日大荒西，陇上明星高复低。孤山几处看烽火，壮士连营候鼓鼙。

杂诗（一）

旧山虽在不关身，且向长安过暮春。一树梨花一溪月，不知今夜属何人？

杂诗（二）

无定河边暮角声，赫连台畔旅人情。函关归路千余里，一夕秋风白发生。

在外游子的乡愁，是无数象征的累加。

问花花不言，乱红飞过秋千去。

对于海峡对岸的余光中而言，乡愁是邮票、是船票、是一方矮矮的坟墓。

唐时明月汉时关，对于大唐羁留在外的游子而言，乡愁是旧山虽在不关身，是无定河边暮角声。

一向率性而为、不脱少年任侠之气的王之涣，当听到歌女唱出自己的诗句“黄河远上白云间”时，止不住得意地狂笑。

这是开元年间发生在一家酒馆的故事。天寒微雪，王之涣与高适、王昌龄在此畅饮，偶遇梨园伶人十数人登楼唱曲宴乐。

一会儿，有妙妓四辈，寻续而至，奢华艳曳，都冶颇极。所奏之乐，都是当世明曲。三位诗人避席，隈映拥炉火以观。约定：我辈均各擅诗名，可以说不分高下。难得有此机会，不如悄悄观察诸位伶人的演唱，以诗入歌词之多者为优。

只见一伶人，拊节而唱，“寒雨连江夜入吴，平明送客楚山孤。洛阳亲友如相问，一片冰心在玉壶。”昌龄不甚得意，那是芙蓉楼送别朋友辛渐时所写绝句。苍茫迷蒙的江雨笼罩，孤独矗立的楚山更添离别的惆怅，朋友即将远航，消失在远处的楚山之外。请带去对洛阳亲友的问候和冰心在怀的表白。

一会儿，再一伶人唱曰：“开箧泪沾衣，见君前日书。夜台何寂寞，犹是子云居。”高适亦不甚得意，那是哭亡友梁九少府的诗，悲痛之极，此时不想也罢。

一会儿，又一伶人唱曰：“奉帚平明金殿开……。”那是昌龄拟托汉代寂寞长信宫中的班婕妤在秋天所写之诗。天边刚露出鱼肚白，金色的大殿已缓缓打开，日复一日年复一年，拿着手中的扫帚扫去轻尘。工作完毕，闲来无事，百无聊赖地摇着手中的团扇。虽然有着光洁美丽的容颜却命如纸薄，连寒鸦都比不上，它们的身上，至少还能带着些昭阳日影。如今从女伶的口中唱出，真是不甚凄怨。

此时，时间已过良久，伶人中还未曾有人唱出之涣的诗篇。

昌龄和高适调侃他说："王公得名已久，为何竟如此这般，哈哈。"

之涣气定神闲："此辈皆潦倒乐官，所唱皆巴人下俚之词耳，岂阳春白雪之曲，俗物敢近哉？！"然后，指着座中诸妓中相貌和歌喉绝佳的一伶说，"如果待会她唱的不是我的诗，我自愿终身都不与你们争论高下；但如果她唱中了我的诗，那对不起了，你们必须拜我为师，如何？"

三人谈笑风生中待之。

须臾，座中伶人发声："黄河直上白云间……。"黄河波涛滚滚东逝，与天边相接，仿佛传入了白云之间。一座塞外的孤城，在远处险峻高山的衬托下，显得如此冷寂。出征的良人想要折柳寄情都做不到，只能嗔怨年年度度的春风不曾吹拂至这苦寒之地。

之涣揶揄二子曰："看看你们这些俗人，我没有说错吧！"三人哈哈大笑。座中诸位伶人不解，昌龄道出原委。诸伶竞拜："我们有眼不识泰山，不知三位是否能屈尊共饮。"于是，痛饮至天光。

平沙落日大荒西，陇上明星高复低。简单的背景更能凸显景色的奇绝。

没有柳树轻烟，没有繁花似锦，只有大漠孤烟与长河落日，落日在天边渐渐西沉，天幕中闪烁的星星，高低呼应。

那时，世界纯粹到就像写意画。

然而，这西域边境，正酝酿着紧张的战事。连营驻守的军士已看到远处孤山上燃烧的朵朵火焰，那不是美丽的装饰，而是惊险的战争烽火。军士们又将完成新一次的集结。

我们常常因为悲伤忧郁而哭泣，同时也因为无法遏制的哭泣而陷入更加阴郁的泥潭，生活的种种悖谬使世界在我们的眼中，幻化成一幅幅失去光亮、毫无颜色的黑白照片，那透射在树荫间隐约的几缕阳光，仿佛也成为希望渐行渐远的最后灵光。

“这已经是末路了吗？为何在我的字典里，总是失败？”“为什么我总是遇人不淑，难道上天注定我命该如此？”类似这样的感慨，也许成天萦绕于你的脑际，哪怕是用尽世间所有表达悲观失望的词句，也无法描述内心的那份阴郁，它悄悄侵蚀着仅有的几缕阳光，让你辗转反侧、夜不能寐！等待的，将会是怎样的未来？你焦灼地叩问自己的灵魂，却无从开解！

一位科考失意的年轻人，在繁华的帝都，羁留不归。

衣锦还乡，他早就不期待，然而就这样双手空空，如何报答父母的殷殷期待。

他最恨中秋之夜，但事实上那却是长安城的小孩子最快乐的节日。

弥漫了几天的浓雾在今日散去，独自徘徊在月夜，明月朗照下的荷塘，在角落中静静凝视着……。微风拂面，一丝清冷一份凄寂，原来秋意已然来临！

那婀娜多姿的荷叶，是心中凌乱不堪的况味，扰人的柳丝不厌其烦地牵引出累积已久的秋思，不远处依稀可辨的长亭，暂时告别了尘世的喧嚣，淡蓝色的光影之间平添满月的感喟……那些已经穿越的岁月，无论再清晰的记忆都已幻化成眼中的迷离，然而月光仍似当年的月光。

年轮并非仅仅被印刻在树上，渐行渐近的秋声，霜影空转、羁人独对，如水的月色同样亦在提醒着凭栏之人已逝去的岁月……

可是，面对秋月独好的绝景良时，虽然没有“秋风秋雨愁煞人”的沮丧与落寞，却仍然无法超脱于年复一年的悲欢离合之思，明月明年何处看，去年今日亦何思？一树梨花一溪月，故乡的花草山月，不知相伴何人，又是多少人梦中温暖亲切的记忆。

灯火明灭的夜幕所给予的极致欢愉何尝不是极致寂寥的另一种书写？

究竟时间是流动的，还是我们自身在永恒的时间中匆忙游走？

我们每天被墙上游走的光阴催促着往前，城市中忙碌穿梭的身影，奔驰的马车，道路中，相对而视的疲惫面容，拥挤而压抑的气氛……只有当“平分秋色一轮满”之时，我们才忽然意识到自己客居异乡的事实。

由此，中秋不再仅是月饼、假日的代名词，而是时光的短暂停留，是举杯怀念故人，是“何处关山家万里”的一次次追问，当然，也是诗人手中这些流动的文字。

寒冷透骨的无定河域——不知埋葬了多少征人的骨血。阴森恐怖的赫连台，据说那是东晋末年赫连勃勃所筑——积尸以表战功的标志。

一位士兵走出帐外，身上的盔甲上结着零零落落的冰块。风声在耳边鹤唳，暮色使眼前的景色更加悲凄，偏偏在这个时候，传来吹角之声。

千万里外的家园在记忆中似乎已有些模糊。

一夜之间又不知令多少白发生。

“斫去桂婆娑，人道是清光更多”，月色清凉洗尽繁华幽昧，迎面而来的澄静，映照着昔日迷蒙的双眼，所有的团聚欢愉或羁旅之思，都将在这一晚得到宣泄和绽放，在这满月独照的日子里，每个人都在描画着属于自己的曲径幽梦……